문 영 길 소 설 집

시절 인연

story

flows

시절 인연

'은영'이라는 이름을 듣자마자 민수의 몸이 흔들렸다. 간신히 팔걸이의자에 몸을 지탱하며 중심을 잡았다. 입을 벌린 채 속으로 '어떻게 이런 일이! 어떻게 이런 일이!'만 되풀이했다. 자리에 앉아 있을 수 없어, 성급히 화장실로 걸어 나갔다. 다리가 후들거리고 심장이 떨려 와 제대로 걸을 수 없었다. 민수는 '유은영'이란 이름을 떠올리며 사십이 년 전 속으로 신속히 빨려 들어갔다.

1

어떻게 이런 일이…!

"다혜 씨, 다음 주에 귀국하시니까 그때 우리 아버지께 인사드립시다. 결혼 승낙도 받고."

"…."

다혜는 머뭇거렸다.

"왜 꿀 먹은 벙어리가 되셨을까? 항상 똑소리 나는 아가씨께서. 인사드리려니까 겁나나 보네? 걱정하지 마요. 내가 알아서 할 테니까."

"그게…. 준영 씨도 알다시피 부모님이 다 안 계셔서…. 아버님이 어떻게 생각하실지 걱정이에요."

"으응? 다혜 씨 아버님은 좀 일찍 돌아가셨고 어머님은 2년 전 지병으로 돌아가신 건데 그게 뭐가 문제가 된다고 다혜 씨답지 않게 겁을 먹고 그래요. 그렇게 따지면, 나도 엘리멘터리 스쿨 다닐 때 엄마가 돌아가셨는데요, 뭐. 걱정 말아요. 다혜 씨가 설령 고아라 해도 그런 거 전혀 개의치 않는 분이니까. 내가 사랑하는 사람이면 무조건 오케이라고 늘 말씀하셨거든요."

"그래도…. 말씀은 그렇게 하셔도 막상 닥치면 이것저것 따지시는 게 어른들 아니겠어요."

"하긴, 내 아버지도 낼모레면 칠순이 되시니 옛날 분이긴 하죠. 그래도 난 아버지를 믿어요."

"알겠어요. 준영 씨 믿고 용기 내 볼게요."

일주일 후, 준영의 아버지가 입국했다. 학회 참석차 간간이 한국을 드나들긴 했지만 미국 생활을 정리하고 고국으로 돌아온 건 삼십육 년 만이었다. 준영은 미국에서 태어나고 자라 공부를 마친 후 현재 다국적 투자 회사의 한국 지사에서 근무하고 있다. 다혜도 같은 회사에 다니고 있어 두 해 전 만나게 된 사내 커플이다.

"아버지, 제 여자 소개해 드려요. 이쁘죠?"

"안녕하세요. 정다혜라고 합니다."

"아, 다혜 양! 만나서 반가워요. 사진보다 실물이 더 아름답군요. 내 아들이 이렇게 능력 있고 눈이 높은 녀석인지 아비인데도 여태 몰랐군요. 자, 일단 식사부터 주문합시다."

준영 아버지 민수는 며느릿감의 첫인상이 마음에 들었다. 아들이 보내 준 사진으로 봤을 때, 묘한 친근감이 들어 내심 좋은 느낌을 갖고 있었지만 실제로 보니 더욱 눈에 들어왔다. 첫 대면임에도 전혀 낯설지 않고 안온한 기분이 들었다. "다혜 양이 우리 가족이 될 인연이라 그런지 잠깐 봤는데도 편안한 느낌이 드는군요. 이렇게 다혜 양을 직접 보니 한결 마음이 놓이구요. 이 녀석 아직 한국 생활도 서툴고, 부족한 점도 많을 테니 앞으로도 잘 부탁해요."

"감사합니다. 아버님! 저…. 실은, 몇 년 전에 아버님을 실제로 뵌 적 있어요. 생전에 저희 엄마가 아버님 팬이셨어요. TV로 한국인의 심리 특강을 하실 때면 넋을 놓고 아버님 강의를 보곤 하셨어요. 특강을 하시는 곳까지 직접 찾아가 들으신 적도 있구요. 강의를 들으면서 눈물이 그렁그렁하시기에, 왜 그러냐고 물으면 '글쎄다. 난 강의가 감동적으로 들리는구나.'라고 말씀하셨어요. 저는 엄마가 심리학에 그렇게 관심이 많은 분인 줄은 전혀 몰랐거든요. 사인이라도 받아 가자고 말씀드렸더니, 쓸데없는 소리를 한다며 서둘러 강의장을 빠져나가시던 기억이 나요."

민수는 다혜 얘기를 들으며, 불현듯 한 사람의 얼굴이 불꽃처럼 스쳐 지나갔다.

"혹시, 어머님 존함이…."

"성은 유가이시구요. 수 자, 민 자 쓰셨어요."

"유… 수… 민?"

"네."

민수는 순간, 어떤 생각에 사로잡혔다. 수민을 거꾸로 하면 민수였다. 자신의 이름이었다.

"혹시, 엄마가 개명하신 건가…?"

"그건 저도 잘 모르겠습니다. 아…! 맞다! 아주 어렸을 때 가끔 아빠가 엄마한테 은영 씨라고 부르곤 했어요."

'은영'이라는 이름을 듣자마자 민수의 몸이 흔들렸다. 간신히 팔 걸이의자에 몸을 지탱하며 중심을 잡았다. 입을 벌린 채 속으로 '어떻게 이런 일이! 어떻게 이런 일이!'만 되풀이했다. 자리에 앉아 있을 수 없어, 성급히 화장실로 걸어 나갔다. 다리가 후들거리고 심장이 떨려 와 제대로 걸을 수 없었다. 손으로 벽을 짚으며 가까스로 화장실에 도착했다. 허리를 굽힌 채 세면대 앞 거울을 들여다봤다. 하얗게 서리 낀 귀밑머리에 잔주름 가득한 노인 하나가 담겨 있었다. 민수는 '유은영'이란 이름을 떠올리며 사십이 년 전 속으로 신속히 빨려 들어갔다.

2

젊은 여자의 피사체가…

봄이 성큼 진격해 오고 있는 2월의 어느 날, 지긋지긋한 군 생활을 마감하고 민수의 젊음은 다시 활기를 띠기 시작했다. 사월의 봄을 당겨 와 미리 가불을 단행한 것처럼, 2월의 햇살이 눈부셨다. 햇살을 받아 반짝이는 윤슬이 시리도록 아름다웠다. 제대 기념으로 노점에서 산 민수의 황금색 버클도 빛을 받아 허리춤에서 유난히 반짝거렸다. 봄을 향해 발을 들여놓고 엉금엉금 들어오는 그 자유의 볕을 받으며 민수는 복학을 위한 거처를 알아보고 있다.

민수는 먼저 교내 기숙사를 신청했다. 하지만 학점에 밀려 탈락의 고배를 마셨다. 하숙할 여력은 안 되고, 자취방을 구하는 수밖에 없었다. 민수는 더 늦어지기 전에 서둘러 자취방을 알아봤다. 학교에서 가까운 집들은 가격이 비쌌고 그나마 남아 있는 방도 없었다. 별수 없이 학교에서 동떨어진, 최대한 싼 곳을 알아보고 다녔다. 신학기라, 학교에서 꽤 떨어져 있는 곳에도 남은 방은 거의 없었다. 세 번째 둘러본 집도 허탕을 쳤다. 다시 둘러보며 걷는데 단독 주택 2층 현관 입구 벽에 '월세방 있음'이라고 써진 아크릴판이 붙어 있었다. 민수는 시멘트 바닥으로 된 외부 계단을 따라 2층에 올라 갔다. 간유리 현관문을 열었다.

"계세요? 방 좀 보러 왔습니다!"

현관에서 소리쳤지만 불 꺼진 거실은 어두침침할 뿐 기척이 없었다. 아무도 없는 것 같아 나가려는데, "방 보러 오셨어요?" 하고 거실 안쪽에서 여자 목소리가 들려왔다.

어둠을 가르며 여자가 총총걸음으로 현관에 다가왔다. 현관 불빛 아래 드러나고 있는 여자의 얼굴을 바라보다 민수는 순식간에, 한여름 뙤약볕 아래의 석고가 되어 버렸다. '이쁘다…'라는 생각이 뇌에서 스르르 흘러나왔다. 어둠을 가르고 달떡처럼 환하게 드러난 젊은 여자의 피사체가 민수의 동공을 정신없이 빨아들였다. 그녀의 눈매는 짙었다. 동자는 강렬한 듯 은은했다. 순수와 농염, 중의적 눈빛을 내쏘고 있었다. 콧대는 버섯코처럼 요염할 만큼 아름다웠다. 빨간 머리띠가 단정하게 앞머리를 제어하고 있었고 다리는 철봉처럼 얇았다. 흡사, 엘리자베스 테일러 같았다. 그녀의 검은 눈동자엔 예리한 낚싯바늘이 담겨 있었고 민수는 그 바늘에 걸려 꼼짝할 수 없었다. 시선을 강탈당한 채 한동안 멈춰 서 있었다. 머릿속에선 종이 울렸다.

"들어오세요. 다른 방은 다 나가고 이 방 하나 남았어요. 천천히 둘러보세요."

"네…."

민수는 그제야 엉거주춤 대답하며 해동이 풀렸다. 그녀가 인도하는 방을 둘러봤다. 방을 둘러보는 민수의 눈은 이미 형식적이 돼 버렸다. 몸짓은 초보 연극배우처럼 어색했다. 보는 둥 마는 둥 허둥지둥 방을 나왔다. 시선을 내리깔고, "계약하겠습니다."라고 내뱉었다.

"알겠습니다. 바로 들어오시면 되구요. 불편하신 점 있으시면 언제든 말씀해 주세요."

"네."

3

어…? 이게 어떻게 된 거지?

민수는 이틀 전 고향 집에서 들고 와 친구 집에 맡겨 놨던 이불 보따리를 풀었다. 캐시미어와 차렵이불 한 세트가 들어 있었다. 중고 가구점에 가서 책상과 의자, 책꽂이, 옷걸이 등을 구입했다. 몇 안 되는 책들을 책꽂이에 꽂았다. 슈퍼에서 간단한 가재도구와 세면도구도 샀다. 대충 생활할 기본 준비는 끝냈다.

계약할 때 대충 봤던 이층집 구조를 이제야 둘러봤다. 건물 주인 집은 1층이었다. 2층은 방이 다섯 개인데, 2층을 통째로 전세를 내준 집이었다. 전세 살고 있는 사람이 방 두 개는 자신들이 쓰고, 여분의 방 세 개를 월세로 내놓은 상황이었다. 남향의 방 두 개는 일찌감치 나갔고, 민수의 방은 북향의 어스름한 분위기가 감도는 현관 바로 옆방이었다. 민수는 아늑한 분위기를 좋아하기 때문에 빛이 들지 않는 방이 그리 싫지 않았다. 하지만, 진짜 문제는 전혀 예상치 않은 지점에서 발생했다. 짐 정리가 끝나, 커피포트에 물을 끓여 커피 한 잔을 타 마시려는데 거실에서 아이들 목소리가 들려왔다.

"학교 다녀왔습니다! 엄마! 배고파! 밥 줘!"

"배고파? 밥 줄게. 가방 내려놓고 어서 손 씻고 와."

두 아이가 식탁에 앉을 때까지 입에선 요즘 한창 유행하는 송대관의 〈해 뜰 날〉을 노래하고 있었다. 가사는 다 알지 못한 채 오직, "쨍하고 해 뜰 날 돌아온단다! 쨍하고 해 뜰 날 돌아온단다!"만 끊임없이 되풀이하고 있었다. 민수는 문득 아이들이 말한 "엄마!"라는 소리에 집중했다. 2층 전셋집 주인아주머니인가 보다 싶었다. 인사를 드릴까 하고 문을 빼꼼 열고 나갔는데, 사내아이 둘이 주방 식탁에 앉아서 방을 보여 준 그 젊은 여자에게 엄마라 부르고 있었다. 어…? 이게 어떻게 된 거지? 민수는 얼떨떨했다. 대학생으로 보이는 그녀를 이층집 딸로 생각했는데 여주인이라니…. 거기다 설상가상, 아이를 둘씩이나 둔 학부모라니, 유부녀라니, 민수는 어이가 없었다. 혹시 그녀와 많이 닮은 친언니일지도 모른다는 생각에 화장실에 가는 척하며 다시 자세히 훑어봤다. 애석하게도, 엄마라는 사람은 엘리자베스 테일러가 분명했다.

그녀와 눈이 마주쳤다. 그녀는 웃음을 지어 보이며 "얘들아, 새로 들어온 아저씨야. 아니지, 새로 들어온 형이야. 어서 인사해." 라고 말했다. 아이들이 "안녕하세요!" 하고 합창을 했다. 민수도 얼결에 "얘들아, 안녕!" 하고 인사를 했다. 민수는 방으로 들어갔다. 상황을 도저히 이해할 수 없었다. 삐끼에 완전히 사기당한 기분이었다. 첫눈에 뭔가 형용할 수 없는 끌림을 자아내던 그녀가, 많이 봐줘도 이십 대 중반 정도로밖에 보이지 않는 저 여자가, 애 엄마라니…. 대체 몇 살 때 애를 낳았다는 거야? 고등학교 때? 설마 중학교 때? 어쨌든 계산상 이른 나이에 사고를 친 것은 분명해 보였다. 역시 일찍부터 얼굴값 했다고, 어느 놈인지 빨리도 채 갔다고, 민수는 생각했다. 커피, 프림, 설탕을 둘, 둘, 둘로 늘 달짝지근하게 타서 마시는 프림 커피가 오늘따라 쌉싸름하게 혀끝에 걸렸다.

4

행운과 불운 사이

밤 11시경, 현관에서 "왔어요?" 하는 그녀의 목소리가 들려왔다. 남편이 들어온 듯했다. 현관 바로 옆방이라 들어오고 나가는 사람들의 소리가 적나라하게 다 들려왔다. 민수는 왜 이 방만 여태 남아 있었는지 이제야 깨달았다.

"애들은?"

남편이 무뚝뚝하게 말했다. 짧은 한마디에도 음성에서 술 냄새가 풍겨 왔다.

"자요."

민수는 남편이 얼마나 잘난 인간인지 자못 궁금했다. 오늘 밤 저 젊고 이쁜 여자를 꼭 끌어안고 자겠지? 내일도? 모레도? 민수는 이불을 돌돌 말아 활처럼 허리를 구부린 채 부러움 가득한 기분으로 잠자리에 들었다.

이틀 후, 현관 입구 벽면에 붙어 있는 미니 칠판에 글이 쓰여 있었다. "2층에 사는 사람들끼리 통성명을 하며 사이좋게 지내고자 합니다. 3월 4일 저녁 8시에 모두 모여 주시기 바랍니다."라고. 생활하면서 애로 사항이 있거나 정보를 전달할 것이 있을 경우 누구든 칠판에 써넣도록 만들어 놓은 장치였다. 칠판 설치는 유용한 아이디어라고 민수는 생각했다.

3월 4일 저녁 8시가 되니 한 명씩 거실에 모여들었다. 그래 봐야 몇 명 되지도 않았다. 그녀가 소반 위에 간단한 다과와 음료를 준비해 놓고 있었다. 예상대로 대부분 이십 대로 보이는 젊은 사람들이었다. 그 속에서 여자는 오직 그녀 한 명뿐이었다. 사십 대로 보이는 아저씨 한 명도 끼어 있었다. '저분은 누구지? 왜 저 나이에 아직도 자취 생활을 하고 있을까?' 민수는 아저씨를 바라보며 속으로 생각했다. 모두 멋쩍게 악수를 나눈 후 둘러앉아 맥주를 마셨다. 각자 돌아가며 자기소개를 했다. 먼저 가장 안쪽에 사는 남자가 자기소개를 했다.

"안녕하십니까. 노용만이라고 합니다. 저는 고향이 부산입니다. 재작년에 이 학교 갱제학과를 졸업한 졸업생입니다. 졸업 후 취직해서 지금 2년째 직장 생활을 하고 있습니다. 평일에는 새벽에 나가가 밤늦게 들어오니까네 제 얼굴 볼 일은 별로 없을 겁니다. 밤늦게 살금살금 들어와도 도둑놈 아니니까네 지금 제 얼굴 자세히 봐 주시고, 잘 부탁드리겠습미더."

그는 또박또박 서울말을 쓰려 애쓰고 있었지만 사이사이 억양과 말투에서 누가 봐도 경상도 사람이라는 걸 확연히 알 수 있었다.

"안녕하세요. 저는 산업공학과 2학년 김진성이라고 합니다. 고향은 충북 청주고요. 올해 ROTC에 지원할까 하고 준비 중에 있습니다. 1학년 때 학점이 안 좋아서 올해 만회하지 않으면 현역으로 끌려갈지도 모르겠습니다. 올해 술 끊고 학점 관리와 운동을 열심히 해 볼까 합니다. 저도 잘 부탁드립니다."

이어, 민수가 자기소개를 했다.

"안녕하세요. 제 고향은 강원도 원주입니다. 올 초에 제대하고 심리학과 4학년으로 복학을 했습니다. 계속 공부해서 대학원 진학을 할지 취직을 할지 아직 결정을 못 하고 있습니다. 조만간 결정하려고요. 3년간 완벽하게 책을 놨더니 머리가 완전 화강암이 돼 버렸습니다. 못 박을 일 있으면 제 머리로 박아 드릴 테니 언제든 말씀해 주세요."

묵묵히 미소만 짓고 있던 불혹의 아저씨가 자기소개를 했다.

"모두 반갑습니다. 저는 이층집 하숙생입니다. 하숙생은 저 혼자뿐이군요. 새벽에 출근해서 자정이 다 되어 술 냄새 풍기며 집에 들어오지요. 들어오면 아이들 자는 얼굴 한 번 쓱 보고 뻗어 잔답니다. 그러고 보니 저도 자취생이나 마찬가지네요. 고향은 여기 서울이고 쭉 이 근처에서 살았습니다. 직장 생활을 하다 작년부터 조그마한 사업을 시작했습니다. 옆에 있는 애 엄마는 제 딸이 아니라

제 와이프입니다. 나이 차가 나긴 하지만 가는 곳마다 따님이 참 이쁘게 생겼다고들 하는 말에 아주 이골이 났습니다. 여러분도 우리 둘이 부녀지간으로 보이나요?"

민수는 "네!" 하고 큰 소리로 대답하고 싶었다. 저 두 사람이 부녀지간이 아닌 부부지간이라니, 저 곱고 아름다운 여성의 남편이 사십 대 중년 남성이라니, 어이없고 그저 놀라울 뿐이었다. 보리떡에 쌍장구처럼, 아무리 봐도 어울리지 않는 상황이었다. 순배하며 고조되는 분위기 속에서, 민수는 어떻게 저런 일이 일어날 수 있는지 이해해 보려고 아저씨의 얼굴을 세심히 살펴봤다. 인상이 나쁘지는 않았다. 성품이 인자해 보였다. 젊은 사람들과 대화하는 걸 보니 유머 감각도 나쁘지 않아 보였다.

그래도 얼굴은 못생긴 편에 속했다. 이마와 볼이 적치마상추 표면처럼 주름이 깊고 붉었다. 만약 저들 사이에 러브 스토리가 있었더라면, 그녀가 외모와 나이를 상관하지 않고 아빠 같은 푸근한 성향의 남자를 좋아하는 특이한 성향이기에 가능했던 일일 것이다. 그렇게 꿰맞추지 않으면 일반적 시각으로는 받아들이기 힘든 언밸런스였다. 민수는 아저씨를 보니 그녀가 아깝다는 생각이 더욱 솟구쳤다. 아저씨가 그녀를 만난 건 행운이고, 그녀가 아저씨를 만난 건 불운처럼 느껴졌다. 행운과 불운이 섞이면 과연 그 최후의 종착지는 어느 지점에 당도하게 될지 사뭇 궁금증이 생겼다.

5

인간의 본능은

민수의 자취 생활이 본격적으로 시작되었다. 모두 아침 일찍 나가서 밤늦게 들어오는 패턴이 반복되고 있는지라, 2층은 대체로 고요했다. 서로 얼굴 보기도 힘들었다. 민수도 아침 일찍 나가서 밤늦게 들어와 잠만 자는 정도였다. 주말에도 각자 고향에 가거나 개인일을 보느라 집이 조용하기는 마찬가지였다. 아이들은 낮 시간에 떠들어 대긴 하지만 밤과 이른 아침엔 잠을 자고 있어, 2층은 간간이 인기척만 있을 뿐 사람의 음성은 거의 들리지 않았다.

민수는 주말만이라도 편히 집에서 쉬고자 했으나 그마저 쉽지 않았다. 동네 아이들이 민수의 방 벽에 축구공을 차 대곤 했다. 십분만 지나면 골이 흔들려 참을 수 없었다. 제발 딴 데 가서 놀라고 아무리 소리를 질러도 소용없었다. 참새 떼처럼 잠깐 흩어졌다가 다시 모여들어 벽을 때려 대곤 했다. 민수는 자신의 유년 시절을 생각해 봤다. 좁은 공터에서 아이들이 팡당팡당 뛰놀고 있는데 놀이를 무작정 저지하는 것도 마음이 편치 않았다. 억지 춘향처럼 도리 없이 주말에도 학교 도서관을 향해야 했다. 동네 아이들이 민수의 밀린 공부를 종용했다.

민수는 오랜만에 함께 복학한 예비역 친구들과 자취방에서 새벽 세 시까지 폭음을 했다. 부득불 통금에 발이 묶인 두 친구를 재웠다. 한참 늦잠을 자다가 배가 뒤틀려 와 신속히 화장실로 향했다. 급히 문을 열었으나 잠겨 있었다. 문에 '노크는 필수'라고 써진 종이가 붙어 있었다. 다급함을 알리는 노크를 하니, 안에서 맞대응하는 노크 소리가 들려왔다. 민수는 얼굴이 노래졌다. 괄약근 조절이 되지 않았다. 엉거주춤한 자세로 몸을 꼬며 화장실 문을 재차 두드렸다. 다시 안에서 소리가 났다.

"저 진성인데요. 저도 지금 설사 때문에 바로 나올 수가 없어요. 죄송해요. 잠깐만 기다려 주세요."

청천벽력과 같은 소리였다. 민수는 버티고 있는 십 초가 마치 백 분 같았다. 이마에서 식은땀이 났다. 항문이 벌어지며 점점 변이 고개를 밀고 빠져나오고 있음이 감지되었다. 대형 사고였다. 일촉즉발의 상황이었다. '아, 이제 끝장이다…!' 싶은 생각에 자포자기 단계로 접어드는 순간, 구세주의 문이 열렸다. 안방에 있던 그녀가 곤경에 처해 있는 상황을 인지하고, "여기로 들어가세요." 하고 웃으면서 안방 화장실로 안내했다. 엉덩이가 무거웠다. 민수는 어기적어기적 걸으며 간신히 안방 화장실에 당도했다. 바지를 내리자마자 쏴, 쏟아지는 느낌은 형언할 수 없었다. 광명을 찾은 느낌, 그야 말로 환희였다. 1초만 늦었어도 생애 흉측한 전대미문의 사건이 벌어졌을지도 모르는 긴박한 순간이었다.

한동안 눈을 감고 있다가 해결이 됐다 싶어 편안히 눈을 떴다. 눈 앞 수건걸이에 여성의 속옷이 걸려 있었다. 그녀의 것이라고 생각 하니 순식간에 몸 중앙으로 피가 몰려왔다. 코에 들이대고 냄새를 맡아 보고 싶었지만 변태 짓 같아서 참았다. 역시 인간의 본능은 생리 욕구가 해결되고 나면 다음은 성욕이라는 것을 민수는 여실 히 추체험했다. 민수는 긴급 사태를 해결하고 그녀에게 감사 인사 를 했다. 냄새가 장난 아니니 당분간 화장실에 들어가지 말아 달라 고 당부했다. 그녀가 피식 웃었다.

일을 마치고 방에 들어갔더니 친구 두 녀석이 일어나 있었다. 들 어가자마자 눈이 커진 두 녀석이 서로 소개시켜 달라고 호들갑을 떨어 댔다.

"야, 주방에 있는 저 여자 누구냐? 저 여자도 자취생이냐? 주인 집 딸이냐? 얼굴 쥐긴다. 민수야, 나 좀 소개시켜 줘라."

"하이고, 지랄도 풍년이다! 저 여자 애 엄마야, 이놈들아!"

"뭐, 인마? 너 이 자식, 네가 찍었구나? 솔직히 찍었으면 찍었다 고 말할 것이지! 어디서 그런 말 같지도 않은 말을 씨불이냐!"

한 녀석이 어이가 없다는 표정을 지으며 퉁명스럽게 말했다.

"거짓말 같지? 정말이야, 인마!"

민수가 억울해하며 말했다.

"야! 야! 됐다, 됐어. 치사한 자식! 잘 먹고 잘 살아라! 성공하면 새끼나 쳐, 인마! 그만 간다."

두 녀석은 민수가 거짓말을 하고 있음을 확신하며 집을 튕겨 나갔다. 민수는 그녀를 처음 봤을 때를 떠올리며 녀석들이 못 믿을 만도 하다 싶어 그들의 불령한 태도에 마음을 두지 않았다.

6

어린년이 아주 요괴여, 요괴!

그러던 어느 날, 민수는 오후 수업 과목 책을 방에 깜빡 놓고 와서, 점심시간을 이용해 잠깐 집에 들렀다. 계단을 타고 현관문을 열려는 순간, 역정을 내는 여자 목소리가 날카롭게 들려왔다. 들어 보니 들어갈 상황이 아닌 것 같아 밖에서 잠자코 듣고만 있었다.

"어디서 근본도 없는 것이 들어와서 내 아들 신세를 이렇게 망쳐 놓냐! 귀신은 뭐 하는지 몰라. 저런 거 안 잡아가고."

"어머님, 이제 그만하실 때도 되셨잖아요. 제가 뭘 그렇게 잘못했다고 그러세요. 부모 없는 게 그렇게 큰 죄인가요? 유성 아빠 사업 힘들어진 게 왜 제 잘못이냐구요!"

"이년이 어디서 꼬박꼬박 말대답이여! 건방지게! 아들 둘 낳았다고 이제 위세 부리냐? 네가 내 아들을 위해서 해 준 게 뭐가 있어. 예단을 준비해 왔어? 돈 한 푼을 쥐고 들어왔어? 우리 아들 사업 힘든데 도움이라도 줘 봤어? 그저 얼굴만 반지르르한 채 몸만 들어와서 밥만 축내는 주제에…. 얼굴값 한다고 내 아들 몰래 딴짓이

나 하고 다니는 건 아닌지 몰라."

"어머님! 어떻게 그런 말씀을! 정말 너무하세요! 신세를 망친 건 유성 아빠가 아니라 저라구요! 애들 때문에 어떻게든 살아 보려는데 어머님이 자꾸 그렇게 말씀하시면 저 정말 억울해요!"

"어디서 이년이 혀를 함부로 내둘른디야! 네가 내 아들 꼬셔서 네년한테 넘어간 거지! 어디 내 아들이 네 신세를 망쳤다고 그려? 야, 이년아! 하늘이 무섭지도 않냐? 어린년이 아주 요괴여, 요괴!"

"어머님…!"

시어머니라는 사람의 말 한마디 한마디가 그녀의 가슴을 송곳으로 후벼 파고 있었다. 애가 둘씩이나 있는 며느리를 화냥년 취급하고 있었다. 그녀는 억울함에 맞붙어 봐야 오히려 된서리를 맞을 뿐이었다. 민수는 차마 들어가지 못하고 다시 학교로 향했다. 그녀가 무슨 약점을 잡혀서 그러는지는 모르지만 너무 모욕적이라는 생각이 들었다. 그녀가 안쓰러웠다.

밤 10시가 되어 집 골목에 들어서는데, 근처 작은 놀이터에서 그녀가 고개를 떨구고 벤치에 앉아 있는 모습이 보였다. 움츠린 채 불어오는 밤바람을 등지고 있는 모습이 추워 보였다. 긴 머리칼이 바람에 휘날리며 그녀의 슬픈 얼굴을 뒤덮고 있었다. 그녀 머리 위에 있는 버드나무 가지도 바람에 흔들렸다. 끌려가지 않으려는 개처럼 밑동을 부여잡고 출렁이고 있었다. 민수는 못 본 척하고 지나칠까 하다, 낮에 있었던 일이 생각나 측은한 마음에 그녀에게 다가갔다.

"밤공기가 쌀쌀한데 왜 혼자 계세요. 아저씨는 아직 안 들어오셨나 봐요?"

"네, 늘 통금 시간 다 되어서나 들어와요. 아이들 일찍 재우고 답답해서 바람 좀 쐬러 나왔어요."

"무슨 안 좋은 일 있으셨나 봐요…?"

"아니에요. 안 좋은 일은요. 그냥 좀….'

"유성 어머님, 무슨 일인지는 모르지만 힘내세요."

"네, 감사합니다. 어서 들어가 쉬세요."

그녀의 고운 얼굴에 깊은 수심의 그림자가 담겨 있었다. 잠자리에 누우니 눈동자에 물비늘을 담은 채 슬픔이 가득 고여 있는 그녀의 눈빛이 자꾸자꾸 아른거렸다. 한동안 이불을 뒤척이다 잠이 들었다.

7

몸 안의 범죄성을…

6월의 뜨거운 초여름 날, 민수는 기말시험을 끝내고 오랜만에 과 친구들과 술판을 벌였다. 그날도 친구 집에서 밤새 달리다 보니, 고 주망태가 되어 통금이 풀린 새벽 네 시에 비틀거리며 집에 들어갔 다. 다행히 다음 날 수업이 종강을 해서 늦잠을 잘 수 있었다. 자다 가 갈증이 나, 자리끼로 떠다 놓은 주전자 주둥이를 입에 넣고 꿀 꺽꿀꺽 마셨다. 시계를 보니 오전 11시를 가리키고 있었다.

소변이 마려워 화장실에 갔다. 일을 보고 방에 들어가려는데, 안 방 문이 살짝 열려 있었다. 무심코 고개를 돌려 보니 문틈으로 자 고 있는 그녀의 모습이 보였다. 터덜터덜 오래된 선풍기가 싱거운 표정으로 고개를 까딱거리며 좌우로 돌아가고 있었다. 그녀의 연 회색 얇은 치마가 돌아오는 선풍기 바람에 잠시 너풀대다가 가라 앉다가 다시 너풀대다가 가라앉기를 반복하고 있었다. 너풀댈 때 마다 그녀의 허벅지와 하얀 속옷이 살짝 드러났다가 덮이고 있었다.

심장에서 우렛소리가 나는 건 생애 처음이었다. 민수는 정신을 잃을 뻔했다. 아니, 그의 머릿속은 이미 그녀에게 달려가 그녀를 덮치고 있었다. 속옷을 걷어 내고 그녀 위에 올라타 주체할 수 없는 광염을 불사르고 있었다. 민수는 두 손을 불끈 쥐었다. 하염없이 치솟아 오르는 몸의 불덩어리를 감당할 수 없었다. 현장을 벗어나는 방법 외에는 몸 안의 범죄성을 억누를 수가 없었다. 방에 들어가 문틈의 그녀를 떠올렸다. 추리닝 바지를 내리고 정신없이 자위를 했다. 순식간에 끝났다. 내뿜은 양과 세기가 얼마나 강렬하고 참기 힘든 것인지를 적나라하게 대변해 주었다. 그렇게 정염으로 휘몰아치던 폭풍우가 한바탕 지나갔다. 자위를 해서인지 다시 몸이 노곤해지며 잠이 왔다. 그렇게 스르르 잠이 들었다.

한 시간 정도 자고 있는데 어디선가 희미한 신음이 들려왔다. 민수는 벌떡 눈이 떠졌다. '무슨 소리지?' 칼칼한 여자 목소리와 굵직한 남자의 목소리가 동시에 들려왔다. 민수는 도둑고양이가 되었다. 문소리가 나지 않게 손잡이를 돌리고 나가 소리가 나는 방향으로 살금살금 걸어갔다. 오전에 그녀가 자고 있던 문틈 그대로 벌어져 있었다. 그 속에서 한 남자가 나체로 땀을 뻘뻘 흘리고 있었다.

민수는 순간, 기겁했다. 충격에 휩싸인 채 입이 떡 벌어진 채로 망부석이 되어 버렸다. 그녀의 입에 재갈이 물려 있었고 양손은 뒤로 묶인 채로 엉덩이를 치켜들고 엎어져 있었다. 남자는 그녀에게 이년 저년 욕지거리를 해 가며 허리를 움직이고 있었다. 민수는 저도 모르게 입에서 나오는 탄성을 간신히 두 손으로 틀어막았다. 두 근거리는 가슴을 억누르고 조용히 방으로 들어갔다. 잠시 후 단말마 같은 남자의 괴성과 함께 모든 것이 끝난 듯 보였다. 남자는 다름 아닌 남편이었다.

민수는 자신이 방에 있다는 사실을 들키면 안 된다는 생각이 들었다. 방 안에서 횟집 수족관 속 광어처럼 몸을 바짝 움츠린 채, 쥐 죽은 듯 숨죽이고 있었다. 그렇게 꼼짝없이 잠자코 있는데 주방 식탁에서 밥 먹는 소리가 들려왔다. 민수는 상황을 추론해 봤다. 남편이 잠깐 점심 먹으려고 들어온 사이 그녀가 자고 있는 모습을 보았고 순간 욕정이 생긴 남편은 그녀와 성관계를 가진 후 점심 식사를 하고 있는 것 같았다. 나이, 풍기는 외모와는 달리 가학적 성행위를 즐기는 그녀의 남편이 오싹하게 느껴졌다. 과연 그녀도 수락한, 합의된 행위였을까. 문이 열린 채 성관계를 가진 이유는 무엇일까. 낮 시간에는 아무도 없을 것이라 생각하고 단순히 경계심 없이 치른 것일까. 이 또한 노출증과 같은 비정상적인 행위의 일환이었던 것일까. 민수는 꼬리에 꼬리를 물며 머릿속이 온통 의문으로 가득 찼다. 이유야 어쨌든 그녀에 대한 충격과 실망감이 교차했다. 사람은 정말 겉만으론 알 수 없는 동물이란 생각이 들었다. 뜻 모를 화가 불끈 치밀어 올랐다.

8

단 하루만이라도 내게…

그럼에도 간간이 그녀와 마주칠 때면 문틈으로 본 두 장면이 떠올라 민수는 저도 모르게 얼굴이 붉어졌다. 가슴이 콩닥콩닥 뛰었다. 창졸에, 주체 못 할 발기 신호가 가차 없이 찾아왔다. 여관방 브라운관에서나 간혹 봐 왔던 성행위 장면을 실제로 본 건 난생처음이었으니, 민수에게 그 일은 분명 예삿일이 아니었다. 민수는 고개를 거칠게 흔들며 그 생각들에서 벗어나려 부단히 노력했다. 그럼에도 완전히 벗어나기란 불가능했다. 강한 억제 노력 속에서도 허망하게 자위의 횟수만 두드러질 뿐이었다. 매일 현장을 낱낱이 목격하는 선풍기가 부러울 지경이었다. 민수는 지리멸렬하게 덥고 태양처럼 뜨거운 욕정 사이에서 근근이 여름을 버텨 가고 있었다. 무더운 날씨가 몸을 축축 늘어지게 했다. 시계도 또오오옥… 따아아악, 세 배로 느리게 흐르는 것 같았다.

토요일 저녁, 저녁을 먹고 집에 들어와 쉬고 있는데 아저씨가 장기 둘 줄 알면 내기 장기를 한판 하자 했다. 민수는 고향에서 아버지한테 어깨너머로 배운 가락이 있어, 내심 자신 있었다. 흔쾌히 승낙했다. 아저씨도 자신 있는 눈치였다. 진 사람이 이긴 사람 소원 하나 들어주는 것으로 했다. 유치하지만 그렇게 합의를 봤다. 3전 2선승제로 장기 시합은 시작되었다. 팽팽한 긴장이 감돌았다. 따고 떼이고, 이기고 지는 막상막하의 설전이 이어졌다. 결국 셋째 판에서 외통수로 민수가 간신히 이겼다.

소원을 말할 차례가 왔다. 민수는 "그녀를 단 하루만이라도 제게 주세요."라고 말하고 싶었지만, 진짜 소원은 말할 수 없었다.

"가만 보니 유성 어머님 혼자 두 아들을 키우느라 고생하시는 것 같아요. 아저씨가 내일 하루 집 안 청소와 설거지를 책임져 주세요."

민수가 말했다. 아저씨는 어이없어하며 무슨 그따위 소원이 다 있냐고 투덜댔다. 눈 주변을 귀찮게 날아다니는 날파리를 쫓아내듯 고개를 절레절레 흔들며 거부감을 드러냈다. 민수도 물러서지 않았다. 아저씨는 버티다 마지못해 알았다고 대답했다. 하지만 그는 허무하게도, 다음 날 일찍 밖에 나가버렸다. 연민과 가차라고는 눈곱만큼도 없는 사람이었다.

설거지는커녕 밤 시간에 부부가 심하게 다투는 소리가 들려왔다. 늦은 시간에 큰 소리로 싸우는 것은 처음 들어 보는 것 같았다. 자세히 들어 보니 다투기보단 아저씨가 일방적으로 내지르는 소리였다.

"야! 돈 좀 구해 오란 말이야! 안 그러면 우리 다 끝장이야! 길바닥에 나앉는단 말이야! 사채업자가 언제 쳐들어올지 모른단 말이야!"

"갑자기 저한테 돈을 구해 오라면 어떡해요. 친정도 친구도 아무도 없는 거 유성 아빠가 더 잘 알잖아요."

"하이구, 넌 일생에 도움이 안 돼! 내가 미쳤지. 이런 걸 마누라라고 데리고 살고 있으니! 하여간 지지리 마누라 복도 없어요. 몸을 팔든 도둑질을 하든 돈을 구해 오란 말이야, 이년아!"

"어머님도 그렇고 당신도 그렇고 왜 자꾸 걸핏하면 저한테 이년 저년 해요? 제가 뭘 어쨌다고 자꾸 그래요! 애들이 들으면 어쩌려고 자꾸 심한 욕을 하냐구요!"

"뭐라고? 근데 이년이!"

퍽, 퍽, 야멸찬 목소리와 함께 남편이 그녀를 사정없이 때리는 소리가 들려왔다. 잘못도 없는 그녀는 중죄인인 양 빌고 있었다. 애들이 자고 있으니 깨지 않게 그만 멈춰 달라고 애처롭게 사정하고 있었다. 민수는 안절부절못했다. 당장 달려가 "당신이 뭔데! 이 여자가 뭘 잘못했다고 때리고 지랄이야!" 윽박지르고 싶었지만 마음뿐이었다. 들어가 말려야 할지, 부부 일이니 모르는 척을 해야 할지, 판단이 서지 않았다. 그녀가 집에서 어떤 대접을 받고 사는지 대충 알 것 같았다. 그녀는 무슨 일만 생기면 동네북이었다. 사람대접을 못 받으며 살아가고 있었다. 두 아들 때문에 온갖 수모를 견디며 살아가고 있는 것 같았다.

9

부조리한 인간

다음 날 밤, 출출하여 라면을 사러 슈퍼에 가고 있는데 그녀가 또 놀이터 벤치에 앉아 있었다. 늘 단정하게 빗겨 있던 갈래머리가 갈피를 못 잡고 흐트러져 있었다. 하늘을 쳐다보며 깊은 한숨을 내쉬고 있었다. 내뿜고 있는 이산화탄소가 유난히 독하게 느껴졌다. 민수는 그녀에게 다가갔다.

"유성 어머님, 좀 괜찮으세요?"

그녀를 찬찬히 둘러보며 물었다. 밖에서 들을 때 심하게 다쳤을 거라고 생각했는데 의외로 얼굴이 말끔했다. 자세히 보니 팔다리가 시퍼렇게 멍이 들어 있었다.

"어제 다 들으셨나 보군요. 네, 괜찮아요."

"주제넘은 얘기지만, 아저씨 사업에 문제가 발생하셨나 봐요?"

"네, 남편이 작년부터 하청을 받아 인테리어 사업을 시작했는데 원청 업체에서 돈을 안 주고, 받은 어음도 부도가 나고 그랬나 봐요. 돈이 안 도니 해야 할 일도 못 하고 직원 월급도 못 주고 완전

부도 직전인 것 같아요. 힘들 때면 돈 구해 오라고 다그쳐요. 남편 사정은 알지만 제가 도울 방법이 있어야 말이죠."

"그렇다고 잘못도 없는 여자를 때리는 건…."

"그래도 예전보단 많이 나아졌어요. 여럿이 함께 살다 보니 표가 날까 봐 얼굴은 가려서 때려요. 남편은 남의 시선을 아주 많이 의식하는 사람이거든요. 어머, 제가 별 얘기를 다 했네요. 어서 들어가서 라면 드세요."

민수는 휴대용 버너에 냄비를 올려놓고 라면을 끓였다. 출출한 야밤에 라면을 따라올 식품은 세상에 없었다. 냄비 뚜껑 위에 면을 올려놓고 훌훌 불고서 입 속에 몰아넣으려는데, 똑똑 노크 소리가 들려왔다. 그녀가 웃으며 "김치 없으시죠?" 하며 김치 한 접시를 건네주었다. 민수는 김치를 받으며 밝은 불빛 아래서 그녀를 설핏 보았다. 웃는 얼굴 속에서 언뜻언뜻 절망 같은 게 읽혔다. 눈빛에는 어떤 정한 같은 것을 품고 있었다. 애처로워 껴안고 다독여 주고 싶은 마음이 와락 들었지만 그럴 수 없었다. 그녀를 늪에서 건져 내고 싶었지만, 자신이 해 줄 수 있는 것은 아무것도 없었다.

한편, 민수는 그녀가 답답했다. 지금이 무슨 조선 시대도 아니고, 아직 젊고 아름다운 여자가 뭐가 아쉬워서 그런 모욕을 견디며 아등바등 살아가는지 이해할 수 없었다. 끈끈이에 붙어 있는 파리처럼 꼼짝달싹 저항 한번 못 해 보는 비참한 인생처럼 느껴졌다. 다리 한쪽이 부서진 장난감처럼 안쓰럽게 느껴졌다. 그녀의 몸에는 분노, 저항, 이기와 같은 배타적 성분은 존재하지 않았다. 슬픔과 희생으로 닳아 얽혀진 여자였다.

민수는 할 수만 있다면 독재를 일삼는 비민주적 집안 권력 구조를 당장 타도해 버리고 싶었다. 시어머니와 남편, 두 모자는 적반하장과 후안무치를 자신들의 심벌처럼 생활화하며 살아가는 사람들 같았다. 서툰 무당 장구만 나무란다고, 두 사람은 걸핏하면 그녀만 잡도리하고 있었다. 민수는 아저씨를 간간이 마주칠 때면 무의식적으로 몸을 되틀어 그를 칩떠보곤 했다. 그는 남들에게는 친절했다. 사업 때문인지 영업 감각이 몸에 배어 있는 사람이었다. 그가 아내에게 폭압과 가학 행위를 일삼을 거라 예상하는 사람은 민수 자신밖엔 없을 거라 생각했다. 그는 능욕과 강압을 통해 아내를 짓밟고 소유화하는 저열한 의식을 내재한 사람이었다. 그녀는 아저씨가 채집한 나비에 불과했다. 사랑의 대상이 아닌 한낱 아저씨 소유의 존재물이었다. 그의 낯빛에는, "저는 배우자를 억압하고 유린하는 가부장적 꼰대입니다."라고 얼굴에 고딕체로 쓰여 있었다. 어린 처에 대한 오만과 경시의 눈빛으로 번들거리고 있었다. 민수는 이제 그를 용렬한 폭군으로 인식했다. 서글서글한 얼굴로 치장한 부조리한 인간으로 판정했다.

10

어떻게 이런 일이…

　민수는 그녀가 신경 쓰였다. 수업을 받다가도, 도서관에서 공부를 하다가도, 불현듯 그녀 생각에 멍한 시간을 보내곤 했다. 공부 집중이 되지 않았다. 길을 걷다가 다섯 시 국기 하강식이 진행되고 있는 그 짧은 시간에조차, 가슴에 손을 얹고서 그녀 얼굴을 떠올리곤 했다. 생각하면 할수록 안쓰러움에 비감의 감정이 스며 나와 심장이 자꾸만 달그락거렸다. 기실, 그녀에 대한 자신의 진짜 감정이 어떤 것인지 생각해 봤다. 연민? 설마, 사랑? 말도 안 돼! 민수는 강력히 부정했다. 그녀에 대한 감정은 오로지 연민으로부터 비롯된 것이라 여겼다. 정신일도를 하며 다시금 공부에 매진하기로 했다. 취직 대신 전공 분야를 더 깊이 공부하여 대학원에 진학하기로 마음먹었다.

　새벽 5시에 자취방을 나섰다. 학교 도서관에 가장 먼저 도착하여 자신이 원하는 고정 자리를 잡았다. 칸막이가 쳐진 고정 좌석이 공부가 잘 된다는 느낌 때문에, 찍어 놓은 자리를 차지했다. 자취방은 밤늦게 들어와 겨우 잠만 자며 지냈다. 그녀는 잠깐잠깐 마주치며 스쳐볼 뿐, 제대로 마주친 지도 벌써 한 달이 넘어서고 있었다. 도서관에 박혀 공부에 전념했다. 자판기 커피를 마시다 그녀 생각이 나고 몸에서 발기 신호가 느껴질 때면 화장실에 들어가 찬물로 세수를 하며 에로틱한 감정에 빠져들지 않으려 안간힘을 썼다.

오늘도 그렇게 열심히 공부하고 밤 11시가 되어 집에 당도했다. 들어가자마자 민수는 깜짝 놀라, 뒤로 나자빠질 뻔했다. 집이 완전 아수라장이 되어 있었다. 거실과 안방 바닥에 온갖 집기가 깨지고 박살이 난 채 파편처럼 흩어져 있었다. 화마가 휩쓸고 간 폐허처럼 참혹했다. 마룻바닥엔 굵직한 구두 발자국이 어지럽게 찍혀 있었다. 민수는 반사적으로 자신의 방을 봤다. 아무 일 없이 깨끗했다. 거실과 안방만이 개차반이 되어 있었다. 동그랗고 하얀 벽시계만이 동그란 눈을 뜬 채 처참한 현장을 내려다보고 있었다.

주방 식탁에 그녀가 홀로 우두망찰 앉아 있었다. 감정을 잃은 사람처럼 넋이 나가 있었다. 절망의 얼굴 위로 설움 가득한 눈물만이 수액처럼 뚝뚝 떨어지고 있었다. 민수를 보더니, 이내 소매로 눈물을 훔치고 억지 미소를 지어 보였다. 미소 짓는 얼굴이 울고 있는 모습보다 열 배는 더 슬퍼 보였다. 민수는 대체 이 밤에 무슨 일이 있었는지, 깨진 집기 틈 사이를 건너 그녀에게 다가가 물었다. 그녀는 눈물만 머금을 뿐 아무 대답도 하지 않았다.

"애들은요?"

"애들은 근처 아이들 친구 집에 잠깐 맡겼어요."

"누가 집을 이렇게 만든 거죠? 말 좀 해 보세요, 유성 어머님!"

"사채업자들이 몰려왔어요."

"사채업자요? 그 사람들이 왜요?"

"남편이 그 사람들한테 돈을 빌렸나 봐요. 회사는 파산하고 남편은 돈 갚으라는 채권자들의 독촉에 시달리다가 도피 중인가 봐요. 어떻게 된 일인지 자세히 알고 싶어 연락을 했는데 저하고도 연락이 안 돼요. 사채업자들은 제게 몸을 팔든지 장기를 내놓든지 당장 돈을 갚지 않으면 애들까지 가만히 안 놔두겠다고 협박을 하고 갔어요."

"어떻게 이런 일이…."

민수는 아저씨가 무책임하게 느껴졌다. 가타부타 그녀에게 일언반구 말도 없이 혼자 도피해 버린 남편이 비겁하게 느껴졌다. 그녀가 안타깝고 애처로웠다. 다른 두 방 사람들은 거처를 옮기겠다고 말했다. 민수도 갈등했다. 이제 마음을 잡고 공부에 박차를 가하고 있는데 불안정한 환경에 매여 방해를 받을 수는 없는 노릇이었다. 마지막 학기이고 얼마 후면 대학원 진학 시험도 있기에 어떻게 처신을 해야 할지 혼란스러웠다. 그렇다고 고통 속에 있는 저 여인 혼자 두고 자신까지 거처를 옮길 수는 없는 일이었다. 도저히 할 짓이 아니라는 생각이 들었다.

일단, 박살 난 집기들을 치웠다. 마치고 나니, 집 안이 휑했다. 멀쩡하게 남아 있는 집기는 아무것도 없었다. 귀 베고 꼬리 베고 나니 남는 게 없었다. 마치 이삿짐이 빠져나간 집 같았다. 사람이 산 온기라고는 찾을 수 없는 황량한 기분이 들었다. 그렇게 이층집은 살얼음판 위를 걷는 것처럼 불안하게 흘러갔다.

얼마 후 함께 살던 두 방 사람들도 다른 집을 얻어 나갔다. 가뜩이나 삭막해진 집이 더욱 삭막했다. 전염병이 휩쓸고 지나간 마을 같았다. 괴괴한 느낌마저 들었다. 민수는 잠깐잠깐 그녀의 표정을 살피며 "잘 해결되었으면 좋겠네요."라고 상투적인 말만 전했다. 그것 말고는 간섭할 권리도, 의무도, 능력도 없었다. 그럼에도 슬픔에 젖어 있는 그녀의 눈빛을 생각하면 안쓰러워 견딜 수가 없었다. 혈소판 감소증 환자처럼 그녀 생각이 흐르기 시작하면 멈춰지지 않았다.

"사랑인가? 동정인가? 사랑…? 이건 정말 아니야! 애가 둘이나 딸린 유부녀야…!"

민수는 혼잣말로 진저리를 쳤다.

11

지금이 현실인지, 꿈인지

머리가 뒤숭숭한 채 학교 휴게실에서 앉아 있는데, 몇몇 친구가 청량리 588에 다녀온 얘기를 꺼냈다. 마치 아프리카 정글 탐험이라도 마치고 돌아온 인간들처럼 뻥을 치며 구라를 늘어놓고 있었다. 어디까지가 사실인지는 알 수 없으나 처음부터 끝까지 긴장감 있게 썰을 푸는 녀석들의 후일담은 정말 흥미진진했다. 코 묻은 용돈을 모으고 모아 떼거리로 몰려가 동정을 바치고 온 그들의 경험담을 들으니 눈물겨웠다. 민수는 얘기를 듣다가 또 그녀의 장면이 떠올라 몸에서 열이 났다. 혈기 넘치는 이십 대의 민수, 그 또한 정액 배설을 위한 성적 욕구가 순간순간 몰아쳐 오는 폭풍우와 같았다. 건강한 사내라면 그 누구도 피하기 힘든 욕정의 몸부림이었다.

텔레비전과 라디오에선 송대관의 〈해 뜰 날〉이 최고의 인기 가도를 달리며 전국을 강타하고 있었다. 그때, 그 위세를 누르고도 남을 강력한 사건이 발생했다. 삼팔선 근처 판문점 도끼 만행 사건으로 온 나라가 발칵 뒤집혀 있었다. 8월 18일, 판문점 공동 경비 구역 안에서 북한 경비병 삼십여 명이 미루나무 전지 작업을 하던 유엔사 경비병들을 도끼와 흉기로 구타, 살해한 심각한 군사 도발 사건이었다. 방송과 신문은 북한의 도발을 규탄하고 응징코자 하는 내용들로 온통 물들인 채 전의를 불태우고 있었다. 매체가 군사 작전을 하듯 똑같은 언어, 똑같은 평론으로 도배를 하고 있었다. 한 마리가 짖자 따라 짖는 개 떼 같았다.

5. 16 쿠데타 세력은 그 사건을 군사 정권 유지의 호재로 삼고 있는 것 같았다. 야당과 시민 사회, 대학생들은 그 살벌한 분위기 속에서도 군사 독재 정권의 유신 헌법 반대를 외치며 민주화 운동을 펼쳐 나가고 있으나, 박정희 정부는 월남의 공산화 이후 정치 탄압을 더욱 본격화하고 있는 중이었다. 주변 친구들이 데모를 하며 민주화 투쟁을 벌이고 있는 싱숭생숭한 분위기 속에서, 민수는 가족과 자신만을 생각했다. 머리에 빨간 띠를 두르며 동분서주, 분기탱천하는 그들의 고초를 애써 외면했다. "쨍하고 해 뜰 날 돌아온단다." 가사를 흥얼거리며 오늘도 공부 흉내를 마치고 밤 11시쯤 집에 들어갔다.

현관문을 열자마자, 매캐한 냄새가 코를 찔렀다. 군에 있을 때의 화생방 훈련 가스실처럼 거실에 연기가 자욱했다. 순간, 무서운 생각이 들었다. 손으로 코를 막고서 신발을 신은 채로 들어가 재빨리 안방 문을 열었다. 방 안에는 번개탄이 피워진 채, 일가족 네 명이 느른히 늘어져 있었다. 뉴스에서나 보던 일가족 생활고 비관 자살 사건이 민수 앞에 펼쳐지고 있었다. 민수는 신속히 창문을 열고 아이들부터 밖으로 빼내고, 이어 그녀와 남편을 빼냈다.

목숨이 왔다 갔다 하는 위급한 상황이라 그런지, 아저씨가 밉다는 생각은 들지 않았다. 무조건 살려 내야 한다는 생각만 들었다. 민수는 축 늘어져 있는 아저씨를 보면서 엉뚱한 생각에 사로잡혔다. 그의 머리는 늘 잔디밭처럼 가지런히 짧았다. 마치 제초제를 뿌려 놓은 듯, 항상 짧은 고수머리 그대로였다. 목숨을 던지는 그 순간까지도 오차 범위 내의 동일한 헤어 상태인 것을 보며, 짧은 고수머리는 그를 특징짓는 하나의 아이콘처럼 느껴졌다. 119에 긴급 신고를 했다. 구급대원이 응급조치를 하고 산소마스크를 끼우고 병원으로 이송했다.

민수는 지금이 현실인지, 꿈을 꾸고 있는 것인지, 정신이 멍했다. 최근 시시각각 한 번도 경험해 보지 못한 엄청난 일들이 주변에서 벌어지는 것을 어떻게 받아들여야 할지, 도무지 정신을 차릴 수 없었다. 여하튼 그녀의 가족이 무사하기를 빌었다. 불행히도 남편과 두 아이는 모두 사망하고, 그녀만이 이틀 만에 의식을 회복하며 간신히 살아남았다. 그녀는 몸이 회복되면서 깊은 슬픔에 빠져들었다. 사연 많은 소리꾼처럼 목이 터지게 울부짖었다. 온갖 고초와 수모에도 자신을 견디게 했던 두 아이를 하루아침에 모두 잃어버렸다. 그녀는 상처 입은 나비의 날개처럼 위태롭고 가냘팠다. 이는 바람에도 금세 찢겨 나갈 것만 같았다. 그녀는 심장에 인대 조직이 있기라도 한 것처럼 움켜쥐며 아파했다.

경찰에서 조사를 나왔다. 그날 무슨 일이 있었는지 수사관이 그녀에게 조심스럽게 물었다. 그녀는 악몽 같은 시간을 떠올렸다. 눈물이 주르륵 흘러나왔다. 턱을 부르르 떨며 힘겹게 말했다.

"한 달 동안 도피 생활을 하며 지내던 남편이 부랑자 같은 몰골로 저녁에 집에 왔어요. 일부러 눈에 쌍꺼풀을 만든 사람처럼 퀭한 눈을 하고 나타나, 오열하며 다 같이 죽자더군요. 그간 얼마나 고생을 했으면 저런 모습이 되었을까 생각하니 너무 가슴이 아팠어요. 저 또한 차라리 죽고 싶은 심정이었어요. 하지만, 애들 때문에 차마 그럴 순 없다고 했죠. 그런데 남편이 몰래 물에다 수면제를 탔었나 봐요. 저와 아이들은 물을 먹고 잠이 든 것 같아요. 잠든 걸 확인하고 남편이 안방에 번개탄을 피워 함께 자살을 기도한 것 같아요."

그녀가 퇴원했다. 서늘한 바람이 가을의 계절로 열심히 실어 나르고 있었다. 발 빠른 가을바람이 이미 2층을 침투해 와 한 바퀴 휘돌더니 민수 앞머리까지 휙 흩뜨려 놓고는 유유히 사라졌다. 불과 2~3개월 전까지만 해도 일곱 명이 살던 이층집이 한순간에 인적 없는 사암 동굴이 돼 버렸다. 그녀와 민수, 달랑 두 사람만 남았다.

전쟁터에 나갔다가 피투성이가 되어 오직 두 사람만 살아남아 돌아온 기분이었다.

민수는 어찌할 바를 몰랐다. 2층이라는 공간에서 둘이서만 생활한다는 것이 애매했다. 그의 몸 위에 얹힌 그녀의 그림자조차 자신의 살갗에 닿는 것처럼 떨리고 찌릿했다. 그렇다고 극심한 우울증에 빠져 있는 그녀를 놔두고 자신마저 집을 옮길 수도, 둘이서만 지낸다는 것도, 모호한 일이었다. 내일 당장 어떻게 될지 모르는 불안한 약속 어음 조각 같은 그녀를 누구라도 챙겨 줬으면 좋겠지만, 그녀는 친정도, 친구도 없었다. 민수는 심신이 회복되는 당분간만이라도 그녀를 돌봐 줘야겠다고 생각했다. 이제 그녀를 부를 때 유성 어머님이라는 말을 해서는 안 되었다. 실수로 내뱉기라도 하면 그녀의 슬픔에 기름을 붓는 일이 될 것이다. 민수는 그녀에게 조심스레 이름을 물었다.

"혹시, 이름이 어떻게 되세요?"

"은영이에요. 유은영."

그녀가 대답했다. 민수는 왠지 그녀의 얼굴에 딱 맞는 이름을 갖고 있다고 생각했다. 동그라미가 많은 이름이 친근하게 와닿았다. 유은영을 영어로 번역하면 분명 엘리자베스 테일러일 거라 생각했다.

"이름이 이쁘네요. 앞으로는 은영 씨라고 부를게요. 그렇게 불러도 되죠?"

"…."

그녀는 말없이 고개만 주억거렸다. 민수는 자신이 음식을 만들어 줄 수는 없고 해서, 식당에서 음식을 포장해 왔다. 수업을 마치자마자 일찍 집으로 와, 그녀의 말벗이 되어 주었다. 그녀와 얘기를 나누면서 그동안 몰랐던 것들을 자세히 알게 되었다.

12

정신을 차리고 눈을 떠 보니…

　은영은 민수가 생각하는 것만큼 나이가 어리지 않았다. 민수보다 여섯 살이나 많은 서른두 살이었다. 민수는 그녀가 삼십 대라는 사실에 놀라움을 금치 못했다. 하지만 결코 누나라 부르고 싶지 않았다. 동안의 얼굴이 누나라는 단어를 내뱉지 못하게 했고, 마음속 나이는 이미 민수가 동등 우위 상태였다. 그녀는 어릴 때부터 쭉 보육원에서 자랐다고 말했다. 다섯 살 때 엄마가 자신을 보육원에 맡겼다고 했다. 몇 잠만 자고 나면 엄마가 꼭 데리러 오겠다고 굳게 약속을 하고 떠났고 어린 마음에 엄마 말만 믿고 하루하루를 기다렸다고 말했다. 자신이 모진 결혼 생활 속에서도 이혼을 생각하지 않은 이유는 그때 엄마가 나타나지 않은 것에 대한 공포와 배신감이 너무 커 자신의 아이들에게는 엄마 없는 두려움을 느끼게 해 주고 싶지 않아서였다고, 그게 얼마나 끔찍한 것인지 그 감정의 고통을 결코 물려주고 싶지 않아서였다고 말했다.

　"다른 아이들은 다들 국내로, 해외로 입양을 가는데 저는 거부했어요. 아이들은 좋은 곳으로 가기 위해 깨끗한 옷으로 갈아입고, 말 잘 듣는 아이처럼 고분고분 행동했어요. 솔직히, 저는 여자아이고 이쁘게 생겼다는 이유로 저를 입양하고 싶어 하는 분들이 많았어요. 남자아이보다 여자아이 입양을 선호하는 경향이 있거든요. 원장님도 저를 이뻐해 주셔서 제가 좋은 곳으로 입양되길 바라셨어요. 하지만 저는 반드시 엄마가 저를 찾아오리라 굳게 믿었기 때문에 입양을 가지 않겠다고 버텼어요. 그러다 보니 고등학교 졸업할 때까지 보육원에 계속 있게 됐어요. 고등학교를 졸업하고 바로 건설 회사에 취직을 했어요. 경리과에서 일하고 있는데 노총각이던 남편이 계속 저에게 다가와 구애를 했어요. 저는 마음이 없었기 때문에 제발 그러지 말라고 밀쳐 냈어요. 아무리 밀어 내도 막무가내였어요. 그러던 어느 날 부서 회식이 있었어요. 그때 남편이 나타나서 함께 합석을 하더라구요."

"남편분도 같은 부서 직원이었나 봐요?"

"아니요. 남편은 인테리어 사업 팀에서 근무했어요. 그런데도 합석을 했더라구요. 나중에 알고 보니, 동기인 저희 과장님에게 부탁을 했나 보더라구요. 2차 술집까지 마치고 집에 가려는데 몇 분이 한잔 더 하자고 제 손목을 잡아끌고 가더군요. 마지못해 끌려갔어요."

"회사도 군대처럼 강제성이 있나 봐요?"

"지금도 그렇지만 그땐 더 심했어요. 남자들 말로 까라면 까야 하는 그런 분위기가 팽배했어요. 더구나, 성장하는 동안 제 의사를 분명히 말하며 생활해 본 적이 없다 보니 3차까지 끌려간 것 같아요."

"술이 센 모양이군요."

"아니요. 문제는 거기서부터 발생했어요. 자꾸 건배를 시켜 취기도 오르고 소변도 마려워 잠깐 화장실에 다녀왔어요. 근데, 함께 있던 다른 분들은 아무도 안 계시고 남편만 있는 거예요. 그래서 저도 가방을 챙겨 나가려고 했어요. 그랬더니 남편이 그럼 막잔으로 건배 한 번만 하고 나가자고 하더라구요. 빨리 집에 가야겠다는 생각에 막잔을 비웠어요. 술집을 나와 택시를 잡아타고 집에 가려는데 눈이 침침해지고 다리가 풀리더라구요. 아무리 정신을 차리려 해도 소용없었어요."

"많이 취하셨던가 봐요?"

"정신을 차리고 눈을 떠 보니 여관방이었어요. 옷이 다 벗겨져 있었고요. 화들짝 놀라 옆을 보니 남편이 잠을 자고 있더라구요. 순간 직감했죠. 이 사람한테 당했구나…! 대충 옷을 걸쳐 입고 바둥거리며 여관을 빠져나왔어요."

"취해서 그런 일까지 당하신 거군요."

"저도 처음엔 그렇게 알았어요. 어쨌든 저를 지키지 못한 제 실수라 생각하고 숨죽이며 생활하고 있는데, 그 사람이 저한테 자꾸 결혼을 하자는 거예요. 싫다고 했죠. 자꾸 귀찮게 하면 회사를 관두겠다고 했어요. 그랬더니 자기랑 여관방에서 잔 것을 다 소문내겠다고 협박을 하더라구요. 어린 마음에 두렵고 불안했어요. 도대체 어떻게 해야 할지 토로할 가족도 친구도 없고 해서 혼자 고민에 빠져 있는데, 월경이 안 오더라구요. 덜컥 겁이 나 확인해 봤는데 임신을 한 거예요. 그 사람 아이까지 임신을 하니 지울 수도 없고 이게 운명인가 싶었어요. 그래서 어쩔 수 없이 그 사람과 결혼을 하기로 마음먹은 거예요. 둘째까지 낳고 나니, 나중에 남편이 다 말해 주더라구요. 그날 제가 화장실에 간 사이에 술잔에 수면제를 탔었다고…. 저는 그런 것도 모르고 제 자신을 자학했거든요. 남편의 계획적인 행동일 거라고는 꿈에도 몰랐으니까요."

"그렇게 태어난 게 유성이었군요. 아, 죄송해요. 애 얘기 꺼내면 안 되는데…."

민수는 어이가 없었다. 아저씨가 걸핏하면 수면제 제조를 즐기며 수면제로 모든 일을 해결하려는 아주 악랄한 상습범이라는 생각이 들어 치가 떨렸다. 마음 같아선 부관참시라도 하고 싶은 심정이었다.

"결혼을 결심하고 시부모님께 인사를 드리러 갔는데 제가 고아라고 저를 거부하시더라구요. 거기까지는 부모 마음이니 이해하려고 했는데, 제가 남편을 꼬셔서 계획적으로 임신까지 한 근본 없는 여자로 저를 내몰더라구요. 그분들에게 시시콜콜 다 말씀드릴 수도 없고 얼마나 서럽고 속상한지 죽고 싶은 심정이었어요."

"아…! 그랬군요."

민수는 울면서 말하고 있는 은영에게 다가가 등을 다독였다.

"배 속 아이 때문에 온갖 설움을 꾹 참고 결혼했어요. 근데 남편까지 돌변하더라구요. 돈도 없고 친정도 없고 친구도 없고 오직 혼자다 보니, 저를 무시하기 시작하더라구요. 나이 차도 14살 차이니 아무것도 모르는 어린애 취급을 하더라구요. 실제로 그때 저는 아무것도 모르는 무지렁이나 다름없었어요. 그러다 보니 처음부터 시댁과 남편한테 이리저리 휘둘리게 된 거예요."

"자기가 원해서 결혼해 놓고 어떻게…."

"어차피 되돌릴 수 없는 것, 최선을 다해 살다 보면 좋은 날이 오겠지 싶어 정말 열심히 살았어요. 남편과 시댁에서 시키는 궂은일은 뭐든 다 했어요. 이런 말까지 해도 되는지 모르겠지만, 남편이 이상한 행위를 요구해도 시키는 대로 했어요. 따르지 않으면 폭행을 일삼았으니까요."

민수는 지난 상황들이 이해됐다. 퍼즐이 맞춰지는 느낌이었다. 은영의 얘기를 들으니, 화나고 속상하고 측은하고 안쓰러워 견딜 수가 없었다. 그녀가 겪은 모든 일이, 그녀가 불행해지도록 설정해 놓은 악마의 편집 같았다. 횟집 수족관에서 뜰채로 건져져 시멘트 바닥에 내팽개쳐진 도다리처럼 측은하고 가련하게 느껴졌다. 아!

누군가 목을 조르면 목이 죽는 것이 아니다. 산소 공급 중단으로 뇌가 죽는 것이다. 그녀가 아파하면 그녀가 슬픈 게 아니었다. 사랑으로 피 칠갑이 돼 버린 민수의 가슴만 미어지게 할 뿐이었다.

민수가 그녀를 꼭 껴안은 채, "은영 씨, 이젠 제가 은영 씨를 지켜 드릴게요. 지금부터 제게 기대세요."라고 말했다. 민수는 미처 생각지 못한 멘트를 나불대고 있음에 스스로 놀라고 있었다. 그녀와 얘기를 나눌수록, 알아 갈수록, 뭔가 알 수 없는 도타운 감정이 생겼다. 전생 어딘가에서 만난 적이 있는 듯한 기시감마저 들었다. 그 느낌에 이끌려 민수는 그녀의 입술에 자신의 입술을 포겠다. 그녀의 뜨거운 눈물이 민수의 입술 위로 떨어졌다.

13

사랑을 위해 치러야 하는 의식이라면…

은영의 과거는 모두 사라졌다. 존재의 근거도, 발자취도 삭제됐
다. 수면제가 은영의 모든 것을 망각의 골짜기 속으로 빨아들여 잠
재워 버렸다. 그녀의 과거를 기억해 줄 사람은 아무도 없다. 모욕의
굴길로 몰아넣던 시댁도, 무시와 폭력을 일삼던 남편도, 삶의 유일
한 희망이던 두 아이마저도, 모두 안개처럼 홀연히 사라져 버렸다.
이제 그녀 앞에 새로운 삶의 페이지가 펼쳐졌다. 상처로 얼룩진 과
거가 포맷되고 새 창이 깔리고 있었다. 민수는 은영에게 다시 태어
나는 심정으로 새롭게 살아가자고 했다. 고통과 슬픔으로 가득 찬
이 집을 당장 떠나자고 했다. 은영은 고개를 끄덕였다. 그렇게 과거
의 아퀴를 짓고 새 삶을 열어 나가기로 했다.

새로운 삶이 시작되었다. 두 사람은 자신들을 모르는 곳으로 망
명했다. 작은 방을 얻어 동거를 시작했다. 민수는 은영에게 자신
의 따뜻한 사랑을 고이 전하고 싶었다. 살아가면서 누구에게도(엄
마에게도, 남편에게도) 느끼지 못했을 진짜 사랑을 그녀에게 헌정

| 시절 인연 |

하고 싶었다. 불에 덴 것처럼 상처로 얼룩진 그녀의 마음을 포근히 보듬어 주고 싶었다. 은영은 민수의 사랑이 고스란히 느껴졌다. 그의 눈빛, 몸짓, 손끝 하나에도 사랑이 담겨 있었다. 그와 함께 있으면 시간이 빨리 달아났다. 그와 보내는 시간의 태엽은 유난히 급속히 감겼다. 10시쯤 됐거니 생각하고 시계를 확인하면 늘 11시가 넘어 있었다. 사랑이, 사랑하는 사람과의 스킨십이, 이토록 행복하고 감미로운 것인지 은영은 난생처음 느꼈다. 남극과 북극처럼, 이렇게 느낌이 다를 수 있는 것인지 새삼 놀랐다. 은영의 몸은 쭉 찢은 빨간 김치의 속처럼 속살이 눈부셨다. 블라인드 테스트를 한다면, 누구라도 그녀가 아이 둘을 낳았던 여자라 짐작조차 하지 못할 만큼….

사는 동네와 집은 어둡고 침침했다. 컬러 TV로 방영을 한다 해도 흑백처럼 보일 것 같은 그런 집이었다. 방 안은 습하고 꿉꿉했다. 방 벽은 고르지 못하고 울퉁불퉁했다. 천장은 허름하고 낮았다. 발뒤꿈치를 들지 않아도 천장이 손바닥에 잡혔다. 민수는 노인들의 허리가 굽은 원인을 찾았다. 분명 낮은 천장 때문일 거라 생각했다. 자다가 새벽이면 외풍이 심해 시멘트 벽에서 강한 한기가 몰려왔다. 방 안이건만 입에서 하얀 입김이 나왔다. 하지만 그들에겐 아무 문제가 되지 않았다.

두 사람은 함께 이불을 코 밑까지 당겨 덮었다. 서로를 꼭 끌어안아 체온으로 상대를 덥혔다. 보일러의 훈기보다 더욱 따뜻한 온기를 느끼며 겨울밤을 보냈다. 방은 밀폐 용기처럼 비좁고 답답했지만 둘이 있으면 다락방처럼 아늑했다. 추워서 더더욱 행복한 계절이었다. 창밖에 소복소복 눈이 내렸다. 왕방울 같은 눈이 누운, 누운 예쁜 소리를 내며 창틀에 쌓이고 있었다. 걸터앉아 하나둘 두 사람의 행복을 훔쳐보고 있었다. 솜처럼 보드랍고 아름다운 흰 눈, 저 눈은 참고 견뎌 준 은영에게 하늘이 내려 준 헌사였다.

은영은 기실, 세상에 다시 태어난 느낌이 들었다. 찬물에 담갔다가 갓 뺀 상추처럼 파릇파릇 되살아나고 있었다. 놀라운 생명력이었다. 아스팔트 바닥을 뚫고 피어나는 풀꽃과 같았다. 황폐했던 그녀가 점점 신록으로 물들며 생기 있게 약동했다. 그녀는 작은 일에도 행복을 느끼는, 작은 행복을 큰 행복으로 키워 전달하는 능력을 소유한 여자였다. 비련의 여인 배역을 성실히 수행한 후, 사랑스러운 여인 배역으로 갈아탄 여배우처럼 상큼했다.

하지만 자식에 대한 기억만큼은 떼 놓을 수 없는 현재 진행형이었다. 길을 걷다가 두 아들 또래의 아이들이 지나가는 모습을 볼 때면 발을 멈췄다. 은영은 오늘도 길을 지나가다 공터에서 아이들 셋이 삼각형으로 서서 사이좋게 공을 차는 모습을 보고 말았다. 은영은 그 자리에 붙박인 채 멈춰 섰다. 순식간에 비련의 여인으로 돌아가 저도 모르게 눈물을 왈칵 쏟아 냈다. 아이들을 떠나보낸 슬픔이 몰려와 가슴을 부여잡았다. 짓누르던 울음을 봇물처럼 터트렸다. 슬픔을 감추며 지내던 은영은 자식 생각에 대한 것만큼은 감정의 통제력을 상실했다. 민수와의 사랑을 위해 치러야 하는 의식이라면, 그것은 너무도 가혹한 신의 처사였다.

은영은 욕심내지 않았다. 자신의 과거가 사라져 버렸다 해도 세상 어딘가에 주홍 글씨로 남아 또다시 자신을 옥죄어 올지도 모른다는 현실을 직시했다. 언젠가 그가 자신의 곁을 떠나는 그날이 온다 해도, 그를 담대히 떠나보내기로 마음먹었다. 그런 그녀의 속마음을 민수는 모를 뿐….

14

땅콩 알레르기

안정을 회복한 민수는 더욱 열심히 공부했다. 대학원에 진학했다. 은영도 유통 회사에 취직을 해서 돈을 벌었다. 민수가 공부에 전념할 수 있도록 뒷바라지를 했다. 매일 아침 일찍 일어나 따뜻한 밥을 지었다. 번철에 기름을 둘러 그가 좋아하는 명태전과 두부튀김을 만들어 소반 위에 올려 주곤 했다. 늦은 밤이면 공원에 나가 달빛 아래서 함께 운동을 했다. 운동을 마치고 집에 들어오면 민수의 등에 올라타 좋은 컨디션으로 잠자리에 들 수 있도록 안마를 해 주었다.

주말이면 삼겹살을 구워 상추에 치커리를 넣고 쌈을 싸서 민수의 입에 밀어 넣어 주었다. 신 김치를 짧게 담상담상 잘라 프라이팬에 밥과 함께 볶아 떠 넣어 주기도 했다. 닭 다리를 비틀어 손에 쥐여 주기도, 잘게 찢은 닭 가슴살을 간장에 찍어 입 속에 넣어 주기도 했다. 민수는 제비 새끼처럼 은영이 주는 대로 받아먹었다. 밥에 찬물을 말아 깻잎 반찬 하나와 먹어도, 된장에 풋고추 하나만 찍어 먹어도, 계란찜에 간장을 넣어 비벼만 먹어도 맛있었다. 모든 게 꿀맛이었다. 은영은 사랑하는 사람의 입 속에 음식을 넣어 주는 것이 행복했다. 늘 민수가 먼저였다. 하늘에 있는 두 아들 생각에 더욱 그러는 것인지도 몰랐다. 민수는 그녀의 사랑과 보호를 받으며 그녀가 어떤 마음을 품고 있는지 알고라도 있는 것처럼 행동했다. 두 아들 역할을 하기로 작심이라도 한 듯, 어린아이처럼 행동했다. 혀짤배기소리를 냈다. 은영은 태양을 덮는 달의 개기 일식처럼 민수라는 저 어린 사내를 교교히 품었다.

민수에게 은영은 들기름 한 방울과 같은 여자였다. 빙빙 돌려 사과를 깎는 모습조차 사랑스러웠다. 민수에게 딱 맞는, 마침한 여자였다. 엄마 같기도, 누나 같기도, 때론 여동생 같기도 했다. 그저 작은 한 방울뿐인데 커다란 양푼을 고소한 향으로 가득 채우는 여자였다. 그녀의 정성과 사랑에 감복하며 하루하루를 보냈다. 그러던 어느 날, 민수는 은영에게 늦게라도 대학 진학을 하면 어떨지 권유했다. 은영은 망설였다. 민수는 망설이는 은영에게 분명 잘 해낼 거라고 용기를 북돋아 주었다.

은영은 직장 생활을 하면서 야간 대학에 도전하기로 마음먹었다. 내처 실행에 옮겼다. 회사 일을 마치고 오후 6시가 되면 민수가 공부하는 학교 도서관에 갔다. 함께 공부하고, 함께 저녁을 먹고, 함께 자판기 커피를 마시며 밤 시간을 보냈다. 자정이 되면 텅 빈 도서관을 나와 손을 잡고 걸었다. 밤공기가 시원하고 달았다. 사랑하는 사람과 삶을 동행하는 것, 희망이 샘솟는 일이었다. 밤하늘의 뭇별이 반짝이며 두 사람의 행복을 축복해 주었다. 은영은 그와 보내는 진부한 시간이 좋았다. 진부한 식사, 진부한 대화, 그 속에 진부한 행복이 도사리고 있었다. 은영은 진부하다는 말이 이렇게 아름다운 단어인지 새삼 깨달았다. 아니, 사랑하는 사람 앞에 진부란 언어는 지구상에 존재하지 않는 지구 밖 언어라는 것을….

모처럼 호프집에 갔다. 호프 대신 물 이슬이 흐르는 시원한 병맥주를 시켰다. 은영이 민수에게 술을 따랐다. 맥주 거품이 차올라 민수는 신속히 입을 갖다 댔다. 잠시 후, 오징어와 땅콩 등 기본 마른 안주가 나왔다. 은영이 땅콩을 보더니 미간을 찌푸리며 이내 안주를 물렸다. 은영은 자신이 땅콩 알레르기가 있다고 말했다. 민수는 깜짝 놀랐다. 민수 또한 땅콩 알레르기가 있기 때문이었다. 민수는 순간, '천생연분인가?' 하는 생각이 들었다. 알딸딸한 기분으로 집에 도착하여 둘만의 조그마한 방에 누웠다. 뜨거운 사랑을 나누었다. 사랑하는 사람과 나누는 성, 그것은 세상 가장 달콤한 솜사탕과 같았다. 사르르 녹았다. 함께 있으면 거센 비바람도, 천둥도, 번개도, 두 사람을 축복하는 폭죽처럼 들렸다. 민수는 너무 사랑스러워, "아이고, 이쁜 거!" 하며 그녀의 앞머리를 흐트러뜨렸다. 은영은 도

리어 여섯 살 어린 여동생이 되어 버렸다. 누군가 자신의 행복을

시기하며 깨뜨려 버릴까 봐 두려울 지경이었다.

15

실밥 터진 인형처럼…

두 사람은 손을 꼭 잡고 사계절을 보냈다. 사계절이 끝나면 다시 시작된 사계절을 또 함께 착수했다. 계절마다 보내는 시간들이 연탄곡처럼 주거니 받거니 즐거운 하모니를 이루며 사르르 지나갔다. 1979년, 중앙정보부장 김재규의 총탄에 의해 박정희 대통령이 서거하는 10. 26 사태를 아연실색하며 지켜보았고, 얼마지 않아 12. 12 군사 반란이라는 아릿한 격동의 세월을 함께 보냈다. 민수와 은영은 1980년대의 시작도 함께 맞이했다. 1980년 5월 봄의 계엄령, 대학 휴교령에 함께 저항했고, 5. 18 광주 민주화 운동을 숨죽이며 지켜봐야 했다. 결국 이듬해, 신군부 쿠데타 세력 전두환이 대통령이 되는 현실을 무참히 지켜봐야 했고, 37년간 지속되었던 야간 통행금지 해제라는 역사적 순간을 함께 맛보기도 했다.

그 격변의 삶의 애환과 파란곡절의 세월 속에서도, 두 사람은 생크림 케이크 위에 꽂힌 초처럼 행복 속에 파묻혀 몇 해를 흘려보냈다. 모든 슬픔이 말끔히 거둬진 은영의 웃는 미소는 비 온 후 맑게

갠 정원과 같았다. 이제 불행이란 단어는 그녀의 머리, 표정, 발끝 그 어느 곳에도 존재하지 않는 사장된 언어가 되어 버렸다. 은영은 어느덧 4학년 졸업반이 되었다. 회사에서도 업무 능력을 인정받아 대리로 승진했다. 민수도 대학원을 거쳐 최근 박사 학위를 받았다. 공부와 연구 논문에 매진할 수 있도록 은영이 물심양면으로 도왔기에 수월한 일이었다. 민수가 은영에게 정식으로 프러포즈를 했다. 내년 초 은영의 졸업과 함께 봄에 결혼식을 올리자고 했다. 은영은 덜컥 겁이 났다. 6년 동안 한결같은 민수를 보며 그와 미래를 함께하고 싶은 욕심이 났지만, 과거로부터 자유로울 수 없음에 급속히 위축되었다.

"민수 씨, 내가 당신의 아내가 될 자격이 있는 걸까? 잘 해낼 수 있을까?"

"은영 씨, 그게 무슨 말이야. 우리 만난 지 벌써 6년째야. 그동안 행복하게 잘 지내 왔잖아. 결혼하면 더 행복하게 해 줄게요."

"알았어요. 용기 내 볼게요."

"주말에 고향에 가서 아버지께 인사드립시다."

"그래요."

은영은 튼튼하고 긴 우산 속에 들어가 있는 것처럼 그가 든든했기에 조마조마한 마음을 누르고 힘내어 그를 따라나섰다. 원주로 향했다. 민수의 집은 시골이긴 했지만 가풍이 있는 집안이었다. 너른 마당을 기와집으로 두른 전통 한옥이었다. 기와지붕에는 이끼가 껴 있고, 틈 사이로 와송이 자라고 있었다. 오래되어 낡아 보이긴 했지만 양반들이 대를 이어 살아온 기품이 느껴지는 집이었다. 민수 아버지는 민수 초등학교 시절 사업에 실패한 후 부친이 있는 이곳 작은 규모의 집성촌으로 내려와 자리를 잡고 살고 있다.

민수는 종갓집 장손이다. 민수 아버지와 친척들이 신붓감을 선보이러 온다는 소식에 분위기가 들떠 있었다. 최근 서울에서 박사학위까지 받았다는 소식에 분위기는 가일층 고무되어 있었다. 민수는 어른들의 성화에 못 이겨 그간 드문드문 선을 본 바가 있다. 물론, 은영에게 양해를 구하고 치른 요식 행위였다. 고향의 어른들은 여태 좋은 자리 다 물리치고 손수 신붓감을 데려오는 것에 기대감으로 부풀어 있었다. 두 사람은 도착하여 인사를 드렸다. 민수 아버지는 오타를 찾아내듯 은영을 세세히 들여다봤다.

"민수 이 녀석한테 색시에 대해서 전혀 들은 바가 없어서 잠시 몇 가지만 물어볼 테니 좀 불편해도 양해를 부탁해요."

민수 아버지가 말했다.

"네, 아버님. 편히 물어보세요."

"올해 나이는 몇인고?"

"서른여덟입니다."

"하이구! 그렇게 안 보이는데 우리 민수보다 여섯 살이나 더 많구려. 민수는 공부한다고 늦었는데, 처자는 무슨 일로 여태 혼기를 놓쳤는고?"

민수 아버지는 당혹감을 감추지 못한 채 물었다.

"…."

은영은 고개를 숙인 채 아무 말 못 하고 있었다. 임기응변으로 거짓을 고할 수는 없는 노릇이었다. 당황한 채, 얼굴이 토마토케첩처럼 붉게 달아올랐고 심장 박동 수는 제멋대로 날뛰었다.

"고향은 어디신가? 부모님은 모두 살아 계시지요?"

"자, 잘 모르겠습니다. 어려서부터 보육원에서 자랐습니다."

은영은 독한 양주를 마신 듯 가슴이 타들어 갔다. 메마른 침조차 삼킬 수 없었다.

"…."

잠시 대화가 끊기고 침묵이 이어졌다. 방 안은 냉매 가스를 주입한 듯 분위기가 순식간에 냉랭해졌다. 재빨리 민수가 나섰다.

"아버지! 은영 씨라는 사람에 대해서 좀 물어봐 주세요. 은영 씨가 시설에서 자라긴 했지만, 부모 밑에서 자란 어떤 사람들보다 밝은 사람이에요. 이 아들 말 믿고 제 얘기 좀 들어 주세요! 네?"

민수는 함무라비 법전을 뒤져서라도 법적, 절차적 정당성을 주장하고 싶었다

"민수야, 이놈아! 그래도 결혼이라는 것은 혼자 하는 게 아닌 것

이다. 양쪽 집안이 함께 하는 것이여! 너도 알다시피 우리 집안은
가풍을 중요시하는 집안이니 두 사람 결혼은 서두르지 않는 것이
좋겠구나.”

민수 아버지가 두부모 자르듯 단호히 말했다.

“아버지! 제발 승낙해 주세요!”

“떼쓴다고 될 일이 아니니 색시 데리고 일단 서울 올라가 있거라.”

민수 아버지가 말했다. 민수는 쇄국 정책을 고집하는 양반집 백
면서생 같은 아버지의 완고함에 서운함을 내비쳤다. 은영은 말없
이 집을 나왔다. 근육이 굳고 피가 멎는 것 같았다. 머릿속 회로가
와장창 깨지는 소리가 났다. 민수 말만 믿고 쉽게 따라나선 게 커
다란 착오였다는 생각이 들었다. 은영은 실밥 터진 인형처럼 슬펐
다. 누군가 자신의 심장에 후춧가루를 뿌려 놓은 것처럼 아렸다. 가
슴이 무너져 내렸지만 차마 민수 앞에서는 드러낼 수 없었다. 괜찮
은 척했다.

“민수 씨, 나 괜찮아요. 아버님 입장에서는 당연한 말씀이에요.
아마 나 같아도 그랬을 거예요. 난 괜찮으니 민수 씨가 너무 속상
해하지 않았으면 좋겠어요.”

“은영 씨는 나랑 결혼 안 해도 괜찮아요? 나랑 헤어져도 괜찮다
는 말이에요? 정말 그래요?”

“그럼 어떡해요!”

참고 있던 은영이 울먹이며 소리쳤다.

"내가 알아서 할 테니까, 은영 씨는 나만 믿고 기다려요. 내가 해결할 테니…."

민수는 아군이라 생각했던 아버지로부터 도리어 엎어 치기, 들어 매치기에 이어 조르기 한판까지 속절없이 당한 기분이었다.

16

아니, 그걸 어떻게…

얼마큼의 시간이 흘렀다. 두 사람의 사랑은 주변에서 반대하고 말리는 그만큼, 그 강도만큼, 접착했고 절박했다. 민수는 사랑이 움튼 이후 6년 동안 단 한 번도 그녀와 헤어진다는 생각을 해 본 적이 없었다. 그녀가 곁에 없는 삶은 불가능했다. 어미 잃은 바다사자와 같았다.

한편, 장남인 자신 하나만 바라보며 살아오신 아버지 얼굴이 떠오를 때면 깊은 죄책감에 빠져들었다. 살아생전 선비 같은 아버지 밑에서 팍팍한 살림 헤쳐 가며 살다 돌아가신 엄마 모습도 아른거렸다. 뒤주를 됫박으로 박박 긁으며 자식들 밥 굶길까 봐 발을 동동 구르시던 엄마 얼굴이 오늘따라 보름달처럼 현현히 떠올랐다. 꽃 넝쿨 드리운 담벼락 너머 부산스럽게 탁탁거리던 엄마의 도맛소리가 귓가에 들리는 듯했다. 그런 부모 마음을 다 물리치고 오직 사랑 하나만을 보고 이기적인 선택을 하는 것만 같아 괴로웠다.

은영은 민수와의 사랑이 시작될 때 마음을 비웠었다. 그가 떠나가도 울지 않겠노라고, 잡지 않겠노라고, 축복받지 못할 결혼은 더이상 하지 않겠노라고, 이 순간의 사랑을 누리다 떠나가도 미련 같은 건 두지 않겠노라고…. 그것은 은영이 살아오면서 원하는 것을 손에 쥐려 하면 할수록 현실은 더욱 가혹하게 자신이 움켜쥔 것을 앗아 간다는 반복된 강화 학습의 결과 때문이었다. 미래를 기대하지 않는 것, 약속은 물거품이 될 수 있는 것, 이것이 은영이 터득한 삶의 상관 방정식이었다. 하지만 6년이라는 시간은 은영에게 또다시 희망 고문을 심어 줬다. 민수를 내려놓고 싶지 않았다. 민수 없는 자신의 삶 또한 빛이 없는 암흑과 같았다. 다시 어두운 터널로 들어가야 한다고 생각하면, 고통스러워 숨을 내쉴 수가 없었다. 힘들어하는 민수 앞에 차마 자신의 고통을 드러낼 수도 없었다.

민수가 은영 몰래 담판을 지으러 고향에 갔다. 민수는 지난번처럼 은영과 턴키로 무기력하게 더블 플레이를 당하는 일을 반복하지 않도록 정신을 당겨 잡았다. 아버지의 완고한 성벽을 벽창호 고집으로 뚫기로 했다. 아버지가 기어이 허락하지 않는다면, 결혼은 자신이 하는 것이고 자기 인생이니 상관하지 말아 달라고 선언하기 위해 마음을 단단히 먹고 집을 나섰다. 가슴에 독립선언서를 품고 다시 고향을 향해 진격했다. 승낙을 안 해 줘도 강행을 불사하겠다는 최후통첩을 날리고 돌아올 생각이었다. 주장이 관철되지 않는다면 고향에 뼈라도 묻을 것처럼 민수의 마음은 비장했다.

"아버지! 저 은영 씨와 결혼하겠습니다. 승낙해 주세요!"

민수가 입술에 힘을 주고 아버지의 눈을 똑바로 쳐다보며 말했다. 긴장이 감돌았다. 민수의 용감무쌍한 말이 떨어지기가 무섭게, 기다렸다는 듯이 민수 아버지가 동사무소에서 떼 온 듯한 서류 뭉치를 민수 앞에 툭 던졌다.

"야, 이놈아! 결혼까지 했고 애가 둘씩이나 있었던 여자를 우리 집에 들일 생각을 했더냐? 네가 정신이 있는 놈이냐? 네가 뭣이 부족하다고 그런 여자와 결혼하겠다고 이 난리를 피워! 이놈아! 너는 누대로 이어 온 우리 집안 장손인데 강씨 집안에 똥칠을 할 셈이냐? 속창아리 없는 놈! 나사 빠진 놈! 모자란 놈!"

"아니, 아버지가 그걸 어떻게…."

"왜! 아비가 이런 것도 모를 바보로 보이더냐? 알아보니 은영인가 뭔가 하는 여자가 수년 전 뉴스에 대문짝만하게 났던 일가족 자살 사건의 장본인이더구먼. 내가 기가 막혀서 입이 다물어지지가 않아, 이놈아!"

"아, 아버지…."

아버지의 말에 민수는 충격을 받았다. 강경했던 민수는 제대로 된 수 싸움 한번 못 하고 단 몇 수만에 불계패를 당한 바둑 기사처럼 참담했다. 벙어리처럼 입이 벌어지지도, 다물어지지도 않았다. 귀에서 멍한 쇳소리가 났다. 눈앞이 깜깜했다. 청맹과니가 되어 버린 기분이었다. 까마득히 잊고 있던 옛날 일이 어제 일처럼 떠올랐다. 민수는 어떤 말로도 아버지를 설득할 수 없었다. 먹먹한 가슴만 끌어안은 채 발길을 돌려야 했다. 민수는 사랑한다는 것과 결혼한다는 것, 그 사이에 건널 수 없는 커다란 강 하나가 존재하고 있음을 직시했다. 현실이라는 거센 물결이 사랑의 열매를 보지 못하도록 두 사람을 갈라놓고 있음을 가슴 저리게 느끼고 있었다.

돌아온 민수는 은영의 얼굴을 바로 쳐다볼 수 없었다. 밤마다 술에 취해 흐느적거리며 들어와 뻗어 잠들기 일쑤였다. 아버지의 얘기를 들은 그날 이후로 잊고 있던 기억이 팝콘처럼 불쑥불쑥 떠올랐다. 6년 전 자취방에서의 기억들이 민수의 머리를 괴롭혔다. 손이 묶인 채 남편과 성행위를 하던 장면이 떠오를 때면, 뭐라 설명할 수 없는 분노가 치밀어 올랐다. 도서관에서 잠시 커피를 마시다가도 그 장면이 생각날 때면 종이컵을 손가락으로 꾸겨 바닥에 내팽개치곤 했다. 누가 자신을 건드린 것도 아닌데 얼굴에 안 맞는 안경을 낀 것처럼 관자놀이가 지끈거리고 짜증이 번져 왔다. 손에 잡히는 것은 뭐든 다 때려 부수고 싶었다.

조금 전, 식당에서 밥을 기다리다 자신보다 늦게 온 사람에게 먼저 밥이 나오는 것에 민수는 화가 머리끝까지 치밀었다. 참기가 힘들었다. 노기가 까슬까슬 달아올랐다. 식당 주인에게 마구 욕설을 퍼붓고 싶었다. 먼저 밥 먹고 있는 저 손님에게 시비를 걸어 멱살을 잡고 한바탕 드잡이를 하고 싶었다. 누구 하나 걸리기만 하면 기광을 떨고 해거를 부리다 대로변에 넉장거리로 쭉 뻗어 버리고 싶었다. 미친 채 날뛰고 지랄 발광을 하고 싶었다. 자신이 사랑하는 여자가 다른 남자의 아이를 배고, 두 번씩이나 배가 남산만 하게 불러 왔을 것을 생각하면 피가 역류하는 기분이 들었다. 삼십 대의 민수, 청소년기 때와는 비교할 수 없는 질풍노도가 맹렬히 도래하고 있었다.

17

키 다른 쇠젓가락으로…

민수가 원주를 다녀간 후, 좀처럼 전화를 하지 않으시던 아버지의 전화가 학교로 자주 왔다. 충격을 받았을 자식이 걱정되어 안부를 확인하는 전화였다.

"별일 없냐? 건강은 괜찮냐? 밥은 잘 먹고 다니냐?"

무뚝뚝하고 똑같은 대사만 혼자 쭉 나열하시다가, "그럼 잘 지내라." 하고 전화를 끊으시곤 했다. "잘 지내고 있으니 걱정 마세요." 라는 말이 채 끝나기도 전에 전화가 끊겼다. 변함없는 레퍼토리의 잔소리, 귀에 싹이 날 정도였지만 감정 표현이라고는 평생 안 하시는 분이 자식에게 최대한 할 수 있는 최상의 표현임을 민수는 알고 있었다. 오늘따라 막걸리 한 잔에 트로트 한 자락 뽑으시며 갈지자 걸음으로 집에 들어오시던 아버지의 모습이 아른거렸다.

민수는 답답하고 먹먹한 마음에 학교 캠퍼스의 뒤뜰을 걸었다. 아버지가 광에서 생고구마를 가져와 깎아 주시던, 와지직 소리를 내며 맛있게 씹어 먹던 기억이 났다. 쓰디쓴 가루약을 먹고 나면 하얀 박하사탕을 입에 넣어 주시던, 사탕이 없을 땐 찬장에 있던 흑설탕을 숟가락으로 떠 오셔서 입 속에 넣어 주시던 아버지의 사랑이 떠올랐다. 밖에서 들어오실 때마다 돼지고기 한 근 살 돈이 안 되어 늘 반 근만 신문지에 싸 와, 미안한 마음으로 엄마에게 건네주시던 기억도 났다.

얼마 전에 갔을 땐, 키 다른 쇠젓가락으로 홀로 식사하고 있는 아버지의 모습을 보며 눈물이 울컥 나왔다. 아버지는 이제, 그리 좋아하시던 깻잎장아찌를 드시지 않는다. 살아생전, 엄마가 깻잎을 잡아 주시고 숟가락 위에 올려놔 주시던 그 순간들이 떠올라, 애써 깻잎장아찌를 외면하고 계심을 민수는 잘 알고 있었다. 그런 기억들이 떠오를 때마다, 민수의 시름은 더욱 깊어졌다. 깊숙이 빨아들인 담배 연기의 농도만이 더욱 진해질 뿐이었다.

민수는 중국집에서 접시를 수거하러 온 배달부처럼 무표정한 모습으로 집에 들어갔다. 그녀를 번쩍 들어 빙빙 돌리며 방으로 들어가던 행위는 이제 자취를 감춰 버렸다. 분명 은영의 잘못이 아니라는 것을 알고 있는데, 머리로는 이해가 가는데, 은영의 얼굴을 보면 불쑥 화가 치밀어 올라 견딜 수가 없었다. 저도 모르게 은영의 얼굴을 외면하고 있었다. 과거의 일들이 뇌에 탑삭탑삭 들러붙어 한시도 떨어지지 않았다.

기억을 잊게 해 주는 것은 오직 술뿐이었다. 민수는 학회 일을 열심히 하다가도 집에 올 때면 소주를 나발 채 불고 불콰한 얼굴로 들어왔다. 그렇게라도 하지 않으면 그녀 곁에서 잠을 이룰 수가 없었다. 하지만 술은 잠시의 망각을 일으키는 데 어떤 도움도 되지 않았다. 오히려 잠자고 있는 기억마저 들쑤셔 또렷이 끄집어낼 뿐이었다. 술에 취한 채 "은영 씨! 나 정말 미치겠다! 내 머리를 망치로 부숴 버리고 싶어! 미쳐 버릴 것 같아!" 하며 소리를 지르다 이내 잠이 들었다. 괴로움에 바둥대는 것은 그고, 고통을 감춘 채 슬픔을 삼켜 내는 건 그녀의 몫이었다. 이제, 새벽녘이면 잠결에 은영의 잠옷 속으로 손이 들어가 한동안 매만지며 잠꼬대를 하던 민수의 행동은 사라졌다. 몽롱한 상태에서 속옷을 내리며 잠결에 행하던 몽환적 섹스 같은 것은 더욱 일어나지 않았다.

은영은 차마 민수의 망가지는 모습을 볼 수 없었다. 사위어 가는 그를 보고 있으면 가슴이 미어졌다. 최근 그의 모습은 어디로 향할지 진로를 결정하지 못한 태풍과 같았다. 그와의 사이에 보이지 않는 두툼한 유리 벽 같은 게 끼어 있다는 느낌을 지울 수 없었다. 모두가 자신의 과거로부터 비롯된 것이라 생각하니 슬프고 서글펐다. 식어 버린 국밥처럼 처량했다. 갈기갈기 찢긴 채 뼈대만 앙상한 서덜처럼 비린 존재감만이 느껴졌다. 자신은 평생 걸리적거리기만 하는 인간 같았다.

세상에 태어나 살아가면서 대관절 자신이 무슨 잘못을 저질렀다고 이리도 고통스러운 일이 지속되는지 분노가 일었다. 자신의 과거로 인해 어떤 소망조차 거세당하고 있다고 생각하니 울화가 뻗쳐올랐다. 그러다, 고통 속에 잠들어 있는 민수의 얼굴을 보면 슬픔이 밀려왔다. 서로 사랑하면 됐지, 가풍이 뭐고 과거가 뭐라고 두 사람을 이렇게 갈라놓으려 하는지, 떼어 놓지 못해 이 사달이 벌어지고 있는지, 세상이 모질게 느껴졌다. 아무리 돌려도 풀리지 않는 볼트와 너트처럼, 삶이 아스러지고 있음이 느껴졌다. 삶은 의도한 대로, 행동한 대로, 노력한 대로, 결과가 주어지는 것이 결코 아니었다. 잔물결은 넘고 또 넘어설 수 있지만, 운명이라는 거대한 파고 앞에서는 옴짝달싹조차 할 수 없었다. 은영은 그 파고에 밀려 또 어디론가 휩쓸려 가고 있음이 감지되었다.

18

사진을 보다가

은영은 고통스럽지만 자신이 결단을 내려야겠다고 마음먹었다. 그를 위해 떠나기로 결심했다. 밝은 미래 따위, 그냥 포기하면 간단히 해결되는 문제였다. 삶이, 운명이, 자신에게 결코 호의적이지 않음을 예전처럼 인정하면 되는 거였다. 그래, 그러면 되는 거였다. 은영은 웃음이 나왔다. 입은 웃고 있는데 눈에서는 눈물이 나왔다.

민수가 퇴근하고 집에 왔다. 함께 술을 마셨다. 은영은 마지막을 준비했다. 민수의 볼, 구레나룻, 인중, 눈썹…. 하나하나 소중히 만졌다. 눈에 담고 손끝에 새겼다. 마지막 키스를 했다. 그렇게 떠날 채비를 하고 있는데, 그가 은영의 손을 잡고 말했다.

"은영 씨, 미안해. 내가 속이 좁았어. 이제 더 이상 은영 씨 힘들지 않도록 할게요. 아버지 마음은 많이 돌려놨어요. 힘들겠지만 조금만, 조금만 더 기다려 줘요. 다시는 당신 실망시키지 않을게요. 무슨 일이 있어도 당신 손 놓지 않을게요."

민수가 애절한 눈빛을 내쏘며 말했다.

"민수 씨…!"

은영의 눈에서 눈물이 흘러나왔다. 민수의 말 한마디가 그토록 얼어붙어 있던 은영의 마음을 순식간에 녹였다. 고진감래의 감정이 느껴졌다.

"난 은영 씨 없으면 정말 못 살 것 같아. 은영 씨를 보면 군에 있을 때 돌아가신 엄마 얼굴이 자꾸 떠올라요. 은영 씨를 소개해 줬으면 엄마가 얼마나 좋아하셨을까…. 그걸 상상하면 너무 아쉽고 가슴이 아파요. 엄만 늘 내 편이셨거든요. 큰아들이 남편보다 더 사랑스럽고 든든하다고 말씀하셨거든요. 나도 엄마가 너무너무 좋았고요. 돌아가실 때, 눈물을 흘리시면서 내 손 꼭 잡고 뭔가 간곡히 말씀하시려는 것 같았는데, 너무 늦게 도착하는 바람에 엄마 임종을 제대로 지켜 드리지 못했어요."

"아, 어머님이 민수 씨가 군대에 있을 때 돌아가셨구나. 어떤 분이셨을지 정말 궁금해요."

민수가 얼마 전 고향 집에서 가져온 십여 년 전의 가족사진을 지갑에서 꼬깃꼬깃 꺼냈다. "우리 엄마 미인이죠?" 하며 은영에게 사진을 내밀었다. 은영은 사진을 보자마자 화들짝 놀라며 한동안 말없이 사진만 뚫어지게 들여다봤다. 심장이 터질 듯 우글대고 있었다. 사진을 들고 있는 손마디가 부들부들 떨리고 있었다. 심상치 않은 표정에 고개를 갸웃거리며 민수가 "은영 씨! 왜 그래요? 혹시,

우리 엄마 알아요?" 하고 묻자, 은영은 "아, 아니에요. 제가 아는 분과 너무 닮아서 잠시 놀랐어요." 하며 재빨리 상황을 끝냈다.

새벽녘에 일어나 은영은 그가 좋아하는 음식을 만들었다. 돼지고기와 콩나물을 듬뿍 넣은 김치찌개를 끓이고 감자볶음을 만들었다. 계란말이와 두부조림도 만들었다. 명태전을 지져 가지런히 접시에 올려놓았다. 즉석 얼갈이김치도 버무렸다. 소반 위에 반찬을 가득 채우고 민수를 깨웠다.

"민수 씨! 어서 일어나요. 밥 먹고 학교 가야지요."

그러자 민수는 잠결에 은영을 껴안고 잠꼬대처럼 중얼거렸다. "은영 씨는 내 거야! 무슨 일이 있어도 지켜 낼 거야. 내가 지켜 줄 거야."라고 말하더니 다시 잠이 들었다. 민수 품에 안긴 은영은 눈물만 뚝뚝 흘렸다. 날이 밝아 왔다. 민수는 학교 갈 준비를 서둘렀다. 은영은 준비한 조찬을 민수 앞에 내밀었다. 민수가 밥상을 보더니 활짝 웃으며 말했다. "와, 맛있겠다. 오늘은 두 그릇 먹고 가야지!" 하며 숟가락에 속도를 냈다. 서걱서걱 소리를 내며 맛있게 먹었다. "내 색시는 음식 맛도 최고야!"라고 말하며 야물게 음식물을 씹어 삼켰다. 민수의 눈빛에서 다시 "어영차!" 소리가 났다. 새로운 도움닫기를 준비하고 있었다. 이제 그가 들어 올리지 못할 바윗덩어리는 없을 것 같았다. 오랜만에 그의 입술이 동그란 호를 긋고 있었다. 몇 해 전 그 청년의 모습이 되살아나고 있었다. 은영은 어린아이처럼 맛있게 밥을 먹고 있는 민수를 보다가 울컥했다. 들키지 않으려 고개를 돌려 소맷자락으로 눈물을 훔쳤다. 목젖을 꿀렁이며 터져 나오는 눈물을 집어삼켰다.

"아! 잘 먹었다. 자기가 차려 준 음식 이렇게 매일 먹을 수 있어서 행복해. 먹다 보니 늦었네. 아침부터 세미나 있는데 늦기 전에 빨리 학교 가야겠다. 근데 은영 씨는 출근 준비 안 해?"

"오늘 월차 냈어요."

"좋겠다. 그럼 집에서 편히 쉬어요. 끝나는 대로 바로 올게."

"잘 다녀와요. 발표 잘하고."

또박또박 말하려 했지만 목젖이 젖어 울먹임이 배어 나왔다. 은영은 민수를 보내고 한동안 둔중한 바윗돌처럼 꼼짝하지 않고 서있었다. 멍하니 있다가 나릿하게 주저앉았다. 힘없이 퍼더앉아 지난 시간들을 떠올렸다. 많은 기억이 주마등처럼 스쳐 갔다. 6년간 함께하며 나누었던 추억들이 파도처럼 밀려왔다.

19

설마…! 말도 안 돼!

밤 9시가 되어 민수가 왔다. 학교에서 상장을 들고 엄마에게 쪼르르 달려오는 아이처럼 상기된 얼굴로 집에 들어왔다. 손에는 맥주와 치킨이 들려 있었다. 학회 세미나 발표가 성공적으로 이루어졌고, 미국에 있는 대학의 연구 교환 교수로 발탁되어 은영과 자축 치맥 파티를 하고자 했다. 함께 미국으로 떠나고자 하는 마음을 품고 집에 왔다. "어? 아직 퇴근 전인가? 오늘 일이 많은가 보네? 아닌데? 오늘 월차라 했는데? 이 시간에 어디 갔지?"라고 혼잣말을 하고 있는데 뭔가 방 기운이 이상했다. 둘러보니 따뜻한 아랫목 근처에 있는 작은 협탁이 깨끗하게 비어 있었다. 스킨, 로션 등 은영의 물건들이 하나도 보이지 않았다. 집을 떠나기 전 쉴 새 없이 내쉰 한숨과 슬픈 그림자만이 방 안을 떠돌고 있었다. 꼬깃꼬깃 고이 접힌 손 편지만이 협탁 위에 놓여 있었다.

"민수 씨, 당신을 많이 사랑했어요. 이제 당신을 떠날 시간이 된 것 같아요. 지난 시간 모두 잊고 행복하기를 두 손 모아 기원할게요."

민수는 머리가 하얘졌다. 멍하니 서 있었다. 잠시 후, 물컵에 담긴 물로 따귀라도 맞은 것처럼 정신이 번쩍 들었다. 왼손에 쥐고 있던 치킨 꾸러미를 철퍼덕 방바닥에 떨어뜨렸다. "지금 이게 무슨 뜻이지? 내 곁을 떠난다는 얘긴가? 설마…! 은영 씨가? 말도 안 돼!" 주절주절 나불거렸다. 무표정한 얼굴 위로 눈물이 빗방울처럼 흘러내렸다. 민수는 은영이 있을 만한 곳을 미친 듯이 뛰어다녔다. 코드 블루 호출 신호를 받고 달려가는 의사처럼, 오줌 털 시간조차 없이 정신없이 돌아다녔다. 은영은 어디에도 없었다.

다음 날 아침, 은영이 다니는 회사에 갔다. 급작스레 회사를 관뒀다는 말을 들었다. 그녀는 친정도, 친척도, 친구도 없다. 머리에 선뜻 잡히는 장소도, 사람도 없었다. 어디 만만하게 연락해 볼 만한 곳은 아무 데도 없었다. 발길 가는 대로 닥치는 대로 돌아다녔다. 넋이 나간 채 돌아다녀, 어디를 어떻게 돌아다녔는지조차 생각나지 않았다. 가 본 곳을 또 가 보고 또 왔다 가며 헤맸다.

민수 손에 쥐어진 것이라고는 오직 그녀가 남기고 간 짤막한 편지 한 장뿐이었다. 민수는 편지를 움켜쥐고 읽고 또 읽었다. 그 짧은 문장 속에 그녀의 비밀 단서라도 숨어 있는 것처럼 암호를 해독하듯 보고, 또 봤다. 그래 봤자 생각날 듯 말 듯, 머릿속이 갈씬거리기만 할 뿐, 아무 소용이 없었다. 민수는 가슴이 답답했다. 날숨이 내쉬어지지 않았다. 멍이 들도록 가슴을 두들겨 팼다. 그녀가 없는 삶은 단 하루도 못 견딜 것 같았다. 그녀 없는 박사 학위, 해외 연구 교수 자리, 그에게는 아무짝에도 쓸모없는 것들이었다. 세상 가장 소중한 사람의 기본적인 마음조차 읽어 내지 못하는 한심한 놈이, 무슨 놈의 심리학 박사라고⋯. 다 때려치우고 싶었다.

21

비포장도로를 출렁이며

민수는 다시 은영이 다니던 회사에 찾아가 동료 여직원들을 만났다. 조금의 단서라도 얻어 내기 위해 강력계 민완 형사처럼 꼬치꼬치 캐물었다. 가 볼 만한 곳은 어디든 정신없이 찾아다녔다. 그녀의 흔적은 없었다. 연기처럼 연소되어 버렸다. 당연히 있어야 할 사람이 당연히 없어도 되는 사람처럼 홀연, 사라져 버렸다.

민수는 컴컴한 방에 홀로 앉았다. 은영이 떠난 자리에 아직 그녀의 냄새, 그녀의 공기, 그녀의 체온이 배어 있었다. 하지만, 그녀가 없는 방은 바깥보다 5도는 춥고 서러웠다. 교도소의 징벌방 같았다. 모든 일이 점점 풀리고 있는 상황에서 왜 갑자기 사라졌는지…, 이유조차 알 수 없어 더욱 서글펐다. 조금만 더 참아 달라 했건만 좀 더 기다려 주지 않음이 야속했다. 갑자기 사라진 사유를 알 수 없음에, 어둠 속에서 퍽치기를 당한 것처럼 얼떨떨한 기분마저 들었다.

자리에 누워 어두운 천장만 멍하니 바라보다가 문득, 그녀가 자랐다던 보육원이 생각났다. 그녀가 거기에 머물러 있을지도 모른다는 생각이 번쩍 들었다. 한편, 이토록 독하게 마음먹고 떠났는데, 과연 추적 연상이 가능한 곳에 있을까 하는 의구심도 들었다. 하지만 추정할 경우의 수는 너무도 빈약했다. 그곳은 합리적 추정의 마지막 선택지였다. 민수는 밤새 뒤척이며 날이 밝아 오기만을 기다렸다. 그녀가 없는 빈자리를 쓰다듬으며 밤을 지새웠다. 푸른 새벽에 집을 나왔다. 어슴푸레한 박명 속에서 가로등만이 밤새 지친 불빛을 내던지고 있었다.

보육원으로 향했다. 물어물어 들판과 산 고개를 넘어 보육원에 도착했다. 안으로 막 걸어 들어가는데, 민수를 본 그녀가 어린아이처럼 전속력으로 민수에게 달려오고 있었다. 민수는 그녀를 다시 볼 수 있다는 것이 꿈만 같았다. 민수도 그녀를 향해 정신없이 내달렸다. 가까이 다가가 그녀를 안으려는 순간, 그녀가 없어졌다. 사라져 버렸다. 그녀는 거기에 없었다. 환영이었다.

원장님을 만났다. 자초지종을 말하고 은영이 지금 와 있는지, 최근 다녀갔는지 간곡히 물었다. 원장님은 우리 은영이가 또 상처를 입었다고 눈물 바람을 했다.

"은영이 다섯 살 때 엄마가 찾아와서 이곳에 은영이를 맡겼어요. 은영이는 별문제 없이 잘 적응하며 지냈어요. 이쁘고 똑똑해서 이곳이든 학교에서든 인기가 좋은 아이였어요. 은영 엄마가 가끔 은영이 잘 지내고 있는지 몰래 연락이 오곤 했어요. 은영이를 데려갈 수 없는 상황이라고, 죄송하다는 말만 거듭하곤 했어요. 잘 지내던 은영이가 중학생이 되고 어떻게 알았는지 엄마를 만날 수 있게 해 달라고 졸랐어요. 딱 한 번만이라도 볼 수 있게 해 달라고 울며불며 사정을 하길래, 이러다 큰일 나겠다 싶어 연락처를 알려 줬어요. 그런데, 녀석이 어느 날 방에서 혼자 펑펑 울고 있더라구요. 무슨 일이냐고 물었더니, 그새 엄마를 만나고 왔나 봐요. 엄마가 새로 결혼해서 두 남자아이를 낳고 가정을 꾸리며 살고 있었는데, 자기를 보고 정색을 하며 여기가 어디라고 찾아오느냐고, 다시는 찾아오지 말라고 문전박대를 했다고 합니다."

원장님이 깊은 한숨을 몰아쉬더니 젖은 목소리로 말을 이었다.

"은영이가 그때 받은 상처는 이루 말할 수 없었지요. 은영이 엄마는 그때 연락을 끊고 이사까지 가 버렸어요. 아무리 함께 살고 있는 남편이 자신의 과거를 모른다고 하지만, 어찌 그리 지 새끼한테 매몰차게 굴 수 있는 것인지…. 강민수 씨! 은영이가 여기 온 적도 없지만 연락이 된다 해도 내가 강민수 씨한테는 말해 줄 수 없어요. 그 가여운 것이 지금 어디서 뭘 하고 있는지…."

흐느끼며 말하는 원장님의 말에 민수는 말을 잇지 못했다. 고개를 떨군 채 저벅저벅 보육원 뜰을 가로질러 걸어 나갔다. 보육원 담벼락은 돌담 틈 사이로 여린 잎사귀들이 비집고 나와 생명을 품고 있었고, 덩굴장미가 담벼락을 친친 감고 올라가 있었다. 담벼락

너머 수령이 삼백 년은 돼 보이는 굵은 버드나무 뒤에 숨어, 한 여인이 떠나가는 민수를 바라보고 있었다. 촘촘한 가지와 잎이 그 여인의 머리칼 한 가닥조차 철저히 은신시켜 놓고 있었다.

그와 함께 있을 때 그토록 빨리 지나가던 시간의 흐름이 비애의 시간으로 치환되어 느지막이 지나가고 있었다. 그가 보육원 맞은편 버스 정류장에 멍하니 서 있었다. 여인은 그가 떠나가기 전, 그에게 달려가고 싶었다. 그럴 수 없었다. 결국, 그가 버스를 잡아탔다. 다행히, 시내버스가 가다가 멈춰 설 것처럼 낡아 있었다. 여인은 버스 바퀴가 주저앉기를 바랐다. 버스는 여인의 마음을 헤아리지 못한 채, 흙과 모래와 돌무더기가 섞인 비포장도로를 출렁이며 멀어져 갔다. 지나간 자리에는 뿌연 먼지만이 휘날리고 있었다. 여인은 눈물을 삼키며 찢어지는 가슴만 움켜잡았다.

22

송두리째 도둑맞아 버린

술병을 사 들고 돌아온 민수는 죽을 각오로 강술을 입 속에 밀어 넣었다. 꿀꺽꿀꺽 갈증에 이온 음료를 마시듯, 위장 속에 알코올을 부어 넣었다. 머리에서 핑, 하고 기억 깨지는 소리가 났다. 방이 빙빙 돌아가고 천장이 눈앞으로 올라왔다. 그래도 술병을 손에서 놓지 않았다. 주입을 지속했다. 민수 자신이 자신에게 부여하는 형벌이었다.

밤새 배 속에 있는 모두를 게워 냈다. 방은 토사물과 함께 음식물 썩는 듯한 매캐한 냄새로 가득했다. 위에서는 신물이 올라오고 머리는 깨질 듯이 아팠다. 민수는 머리로 벽을 찧어 대다 인사불성이 되어 버렸다. 그렇게 자신을 학대하지 않으면 잠시도 그녀를 잊을 수 없었다. 은영 없는 방은 아수라장이 되어 갔다. 온몸의 힘이 빠졌다. 공허했다. 아무리 바둥대도 도리가 없었다. 자신 또한 그녀에게 상처를 입힌 주범이라 생각하니 고통스러웠다. 그 통한의 아픔 속에, 참호 속으로 들어가 은거했다.

민수는 하루씩 뜯어내는 일일 달력처럼 하루하루를 무참히 찢어

냈다. 삶의 대오를 스스로 무너뜨렸다. 자신의 유일한 비호 세력이 사라져 한순간도 자신을 보호할 수 없었다. 이에, 그의 몸과 볼은 국물 졸 듯, 움푹 졸아들고 있었다. 그녀의 부모, 전 시댁과 남편, 그리고 그녀의 남자인 자신, 이렇게 삼박자가 공동 정범으로 똘똘 뭉쳐 그녀의 영혼을 갈기갈기 찢어 놓았음이 비통했다. 촛불처럼 아스라한 그녀에게 자신 또한 일격을 가했음이 통탄스러웠다. 그럼에도, 자신만 홀로 남겨 둔 채 냉정히 떠나 버린 그녀가 미웠다. 아버지께 은영이 임신을 했다고, 벌써 5개월째라고 거짓으로 둘러 놨고 그 거짓이 모든 것을 잠재워 버릴 만큼 엄청난 효력을 발하고 있는 상황에서 속절없이 떠나간 그녀가 야속했다. 가족에게 어떤 배신행위를 일삼고도 그녀만은 지켜 내려 했던 자신의 처절한 마음을 몰라주는 것 같아 못내 서글픈 마음이 들었다.

그녀는 민수에게 당연한 사람이었다. 당연히 곁에 있는 사람, 당연히 함께 밥 먹는 사람, 당연히 민수만 바라봐 주는 사람이었다. 그 당연한 사람이, 떠남 또한 당연하다는 듯 떠나 버렸다. 육 년 재임 기간을 마치고 미련 따위 없이 자리를 내놓은 사람처럼, 무람없이 사라져 버렸다. 민수는 차곡차곡 쌓아 엮어 놓은 기억, 추억 모두를 송두리째 도둑맞아 버린 기분이 들었다. 회한과 비탄에 허덕이다 그녀를 가슴에 묻은 채, 한국을 떠났다.

23

너무도 익숙한 이름 하나가…

"다혜 양, 엄마는 언제…."

민수는 메인 목을 애써 가다듬으며 물었다.

"유방암으로 몇 년 고생하시다가 재작년에 돌아가셨어요."

"그럼…. 일흔둘 되던 해에…?"

"어머, 아버님이 제 엄마 나이를 어떻게…. 준영 씨도 잘 모르는데. 그해 생신을 보름 정도 남겨 두시고 돌아가셨어요."

민수는 비통했다. 꿈에 그리던 사람, 정말 이 잡듯 뒤지며 그렇게도 찾아 헤매던 그녀 소식을 다름 아닌 며느리가 될 여자한테서 듣고 있다니…, 만시지탄이었다. 한국에 들어올 때마다 수소문을 하며 그토록 찾아 헤매던 그 이름을 주검이 된 후에서야 들을 수 있게 되다니, 그것도 그녀의 딸을 통해 듣게 되다니, 운명의 장난 앞에 손사래를 쳤다. 민수는 찬찬히 다혜의 얼굴을 들여다봤다. 올해 서른이 된 그녀를 보고 있으니 서른두 살 그 해의 은영 모습이 고스란히 오버랩이 되었다. 첫눈에 왜 자꾸 눈에 들어왔는지, 미련스럽게도 이제야 비로소 알게 되었다. 늦게나마 은영의 핏줄이라도 만날 수 있음에, 하늘에 감사했다. 통한의 사정으로 세상 어딘가에 은밀하게 뿔뿔이 헤어져 살다가, 같은 뿌리의 왕족을 만난 기분이었다. 민수는 다혜 양에게 조심스럽게 은영이 머물러 있는 곳을 물었다. 다혜는 고개를 갸우뚱거리며 엄마를 모신 납골당 이름을 알려 드렸다.

민수는 은영이 안치된 추모 공원에 찾아갔다. 안으로 들어서니 고요했다. 적요가 감도는 봉안당 여섯 번째 안치단 위에서 은영이 화사하게 웃고 있었다. 머리는 희끗희끗했지만 그때 얼굴 그대로였다. 살아 있는 채, 자신을 보며 웃고 있는 것만 같았다. 중심을 잃은 오른발이 후들거렸다. 턱이 파르르 떨렸다. 그녀 사진을 매만지며 흐느꼈다.

가장자리에 걸린 색 바랜 사진 하나를 발견했다. 자세히 보니, 사십 년 전 동거했던 자취방 책상에 걸터앉아 포즈를 취한 그녀의 사진이었다. 활짝 웃으며 양손에 브이 자를 하고 있었다. 은영의 대학 입학 기념으로 자신이 일회용 필름 카메라로 찍어 준 사진이었다. 세월에 바래고 바랜 사진이지만, 눈밭 위의 붉은 핏자국처럼 기억이 뚜렷이 떠올랐다. 지난 추억이 오천만 럭스의 조도처럼 선명하게 피어올랐다. 사진 가장자리에 자그맣게 글씨가 새겨져 있었다. 내 사랑(내 동생)과 생애 가장 행복했던 시절.

민수는 가슴이 벅차올라 심장을 움켜잡았다. 윤활유 없는 기계처럼 몸이 굴신조차 되지 않았다. 눈물이 맥주 거품처럼 쏟아져 나왔다. 진정된 후, 민수는 묘한 의문점에 사로잡혔다. 괄호 속 '내 동생'이란 저 말은 도대체 무엇을 의미하는 걸까. 뇌리에서 뭔가가 퍼드덕거렸다. 다혜 양에게 물어도 해답이 나오지 않을 것 같았다. 차를 몰고 곧장 그 시절 보육원에 갔다. 유은영에 관한 신상 자료를 요청했다. 초로의 원장이 이름을 듣고서 그녀의 존재를 알아차렸다. 삼 년 전까지 꾸준히 보육원에 후원을 해 주신 분이라고 말했다. 민수는 먼지로 뒤덮인 보관 자료를 뒤졌다. 세월을 말해 주듯 종이들이 먹태처럼 갈변되어 있었다. 검버섯이 핀 종이를 넘길 때마다 휙, 곰팡내가 풍겨 왔다. 그녀의 신상 정보를 자세히 살펴봤다. 친모에 대한 신상도 추가로 확인해 봤다. 정확히 주민 등록 번호를 확인해 보고자 했으나 주민 등록 번호 자체가 없던 시절이라 확인이 불가했다. 하지만, 친모의 신상에 너무도 익숙한 이름 하나가 적혀 있었다. 한자 또한 똑같았다. 민수는 감전된 듯 멈춰 선 채, 소스라쳤다. 견딜 수 없는 탄식이 아프게 흘러나왔다.

"아…! 혼자서 얼마나 꾹꾹 누르며 살아왔을까. 이제 다혜와 준영, 이 아이들은 어쩌란 말인가! 이젠, 내가 꾹꾹 누르고 숨죽이며 살아야 한단 말인가…!"

뜨리는 것들 우리를 허물어

성배는 거칠게 괴성을 내지르며, 깨진 병의 날 끝으로 목을 내리찍었다. 이성을 잃은 성배의 눈은 서슬 퍼런 작두날과 같았다. 맥주병은 당초 살상 도구가 아니었지만 일순간 살인 병기로 돌변했다. 성배 손아귀에 잡혀 든 술병은 기어이 분노 폭발용 기물이 돼 버리고 말았다.

1

아직도 날 그런 눈으로…

성배가 맥주병으로 현수의 머리를 내리쳤다. 순간, 정수리에서 얼음 갈라지는 소리가 났다. 피가 치솟았다. 순식간에 붉은 피가 현수의 구레나룻과 목선을 타고 주르륵 흘러내렸다. 창졸에 가격을 당한 현수는 오금이 풀려 머리를 움켜쥔 채 풀썩 주저앉았다.

"죽어라! 이 개새끼야!"

성배는 거칠게 괴성을 내지르며, 깨진 병의 날 끝으로 목을 내리찍었다. 이성을 잃은 성배의 눈은 서슬 퍼런 작두날과 같았다. 맥주병은 당초 살상 도구가 아니었지만 일순간 살인 병기로 돌변했다. 성배 손아귀에 잡혀 든 술병은 기어이 분노 폭발용 기물이 돼 버리고 말았다.

현수의 목 혈관에서 피가 콸콸 쏟아졌다. 그럼에도, 현수는 터져 나오는 목을 움켜쥐며 여전히 백안시한 눈빛으로 성배를 올려다봤다. "네가 감히 나를…!"이라 말하는 눈빛을 내쏘고 있었다. 이에, "이 개자식이 아직도 날 그런 눈으로 쳐다보네!" 하며, 성배는 다시 옆에 있던 맥주병을 집어 들었다. 물이 꽉 찬 병째로 현수의 정수리를 다시금 내리쳤다. 묵직한 저음의 박 소리와 함께 맥주 거품이 비산했다. 현수는 무참히 쓰러졌다. 그의 목과 머리에선 피가 온천수처럼 도글도글 뿜어져 나왔다. 선홍빛 핏물이 거실을 물들였다. 벽은 물론 천장까지 유혈이 날아가 박혀 피 꽃을 피웠다. 핏물과 맥주 거품은 사방을 범벅이며 빗물 고인 흙탕물처럼 어지러이 뒤엉켰다. 현수를 내리친 성배의 손에서도 피가 뚝뚝 떨어지고 있었다. 그렇게 거실은 시월 단풍처럼 붉게 물든 채 피비린내로 가득했다.

분이 가시지 않은 성배는 경련을 일으키며 꿀렁이고 있는 현수의 가슴팍에 올라타 유리 재떨이로 두개골을 내리찍었다. 함몰된 두개골에서 뇌수가 흘러나왔다. 성배는 억눌러 왔던 감정의 경첩이 풀리며 살의 가득한 무자비한 인간으로 변전했다. 이마, 볼, 광대뼈를 수차례 가격했다. 현수의 얼굴이 금세 형체를 상실했다. 더 이상 어떤 표정도 짓지 못하도록 얼굴을 짓이겨 버렸다. 깨진 병의 날로 현수의 얼굴을 너덜너덜 걸레로 만들어 버렸다. 조금 전까지 살아 숨을 쉬던 한 인간이 찰나에 모든 형태를 잃었다. 짐승의 이빨에 사정없이 물어뜯긴 사체처럼 처참히 훼손됐다. 성배의 온몸에도 파편이 튀어 피로 범벅이었다. 핏물이 그의 눈꺼풀을 적셨다. 그럼에도 성배는 혼백이 나간 눈동자에 야릇한 표정을 지었다. 배설된 감정에 후련함을 느끼고 있었다. 조현병을 앓고 있는 사람처럼 정신이 분열되고 있었다.

2

지가 그래 봤자지, 뭐…

현수는 부와 권력을 누대로 승계해 온 집안의 외아들이다. 이른바 금수저다. 초등학교 6학년인 그는 부유함을 무기로 거침없이 생활하는 아이다. 통통한 체형이지만 목소리는 그에 상반된 새된음성을 지녔다. 말할 때의 음성이 마치 두툼한 연필에서 날카로운흑심이 빠져나오는 것처럼 가살졌다. 그 목소리만큼 성격 또한 모질고 야살스러웠다.

성배는 언어 장애로 말 못 하는 엄마와 여동생, 그렇게 셋이서 현수네 집 모퉁이, 후락한 셋방에 산다. 성배 아버지는 생전 현수네집 집사 일을 하다가 성배가 다섯 살 때 교통사고로 돌아가셨다. 지금은 성배 엄마가 현수네 집에서 가사도우미 일을 하며 지내고있다. 성배와 현수는 같은 반이며, 등하교를 매일 함께 한다. 현수는 학년 전체 부동의 1등을, 성배는 줄곧 2등을 한다. 둘 다 운동 또한 비등하게 잘한다.

성배는 현수와 있을 때, 자존심 상하는 일을 자주 겪는다. 그럼에도 주눅 들지 않고 생활하려 노력하고 있다. 현수도 성배의 곧은 성격과 운동 실력을 마음에 들어 하며 친하게 지내려 하고 있다. 거기다, 5학년인 성배 여동생 민선에게 호감을 가지고 있기에 성배 집에 놀러 와 한참 동안 놀다 가곤 한다. 하지만 그런 원만한 관계 는 거기까지다. 현수는 어릴 때부터 자신의 부모와 성배 부모의 주 종 관계 모습을 보며 자라 왔고, 성배와 자신 사이에도 그 관계는 일정 부분 연장선에 있다고 생각하고 있다.

그러던 어느 날, 학기 말 시험에서 성배가 처음으로 현수를 제치 고 1등을 했다. 전교에서 올 백을 맞은 사람은 성배 단 한 명뿐이라 고 담임 선생님이 칭찬을 했기에, 성배의 1등은 분명했다. 그 칭찬 의 자리에 현수가 아닌 성배가 있었다. 한 번도 밀려나 본 적 없는 현수는 충격을 받았다. "네가 감히 나를…!"이라는 말을 되뇌며 약 이 바짝 올라 있었지만, 대수롭지 않은 척 표정 관리를 했다. 방과 후, 현수 집에 반 친구 세진이와 민희가 놀러 왔다. 현수의 친한 친 구들에 걸맞게 두 친구 또한 윤택한 집안의 자식들이다. 현수가 성 배에게 전화했다. 반 친구들이 놀러 왔으니 건너오라 했다. 성배는 함께 어울리고 싶지 않았지만, 거듭된 요구에 부득불 현수 집으로 놀러 갔다. 현관문을 열고 들어서는데, 현수가 친구들에게 말하는 소리가 희미하게 들려왔다.

"저기 일하는 아줌마가 성배 엄만데, 반벙어리야. 소리는 들을 수 있나 본데 말을 못 해."

현수가 나지막이 애들에게 쏘삭거리고 있었다. 순간, 성배는 목석이 되었다. 저도 모르게 뒷걸음질을 쳤다. 빠져나가려 했지만 세진이가 성배를 보고 말았다. 세진이는 성배를 보며 축하의 말을 전했다.

"오! 1등 성배야, 축하해."

"운동도 잘하고, 공부도 잘하고, 성배 넌 정말 멋진 친구야. 나도 축하해."

민희도 성배에게 칭찬의 말을 건넸다.

"지가 그래 봤자지, 뭐. 다음 시험엔 안 봐줄 거야."

현수가 콧방귀를 뀌며 못마땅하게 말했다. 이번에도 성배를 끌어내리기에 여념이 없었다.

"고, 고마워…."

성배는 자기 엄마에게 반벙어리라고 말한 현수의 입을 당장 주먹으로 날려 버리고 싶었지만, 꾹 참으며 친구들에게 말했다. 함께 과일을 먹으며 얘기를 나누고 있는데, 현수가 주방을 바라보며 "아줌마! 이리 와 보세요!" 하고 소리를 내질렀다.

"아니, 이게 뭐예요! 머리카락 이거 뭐냐구요!"

현수가 배에 붙어 있는 머리카락을 들어 보이며 신경질적인 어조로 말했다. 홍조 띤 얼굴에 겸연쩍은 모습을 하며 성배 엄마가 미안하다는 표시로 수차례 고개를 숙이다 과일 접시를 들고 성급히 주방으로 들어갔다.

성배는 주방에서 배를 다시 깎고 있는 엄마의 얼굴을 봤다. 눈이 마주쳤다. 애써 미소를 지으며 고개를 가로젓고 있는 엄마의 얼굴을 봤다. 참으라는 엄마의 사인이었다. 명치끝이 쑤셔 왔다. 눈물이 났다. 자신이 현수를 누르고 1등을 한 것에 대한 보복을 엄마가 톡톡히 치르고 있음을 본능적으로 느끼고 있었다. 아무리 참으려 해도 눈에서 눈물이 맺혔다. 들키지 않으려 급속히 화장실에 들어갔다. 거칠게 세수를 하며 거울을 봤다. 아무 말 못 하고 비굴하게 서 있는 자신의 모습이 초라해 보였다. 어금니를 잘근 깨물고 종주먹을 불끈 쥐었다. 열세 살의 성배…. 참아 내는 것 외에 다른 방법은 존재하지 않았다. 성배는 더욱 자신의 감정을 발설하지 않기로 했다. 능력을 유폐시키기로 했다. 엄마의 입장을 최우선으로 헤아리는 것을 자신의 제1 생활 수칙으로 삼았다. 시험 때 과목마다 교묘히 한 문제씩 틀렸다. 1등 자리를 넘겨주기 위해, 엄마를 지켜 내기 위해….

3

너 이 새끼 죽을래?
집에서 쫓겨나고 싶어?

중학생이 되었다. 성배는 엄마에게 이사 가자고 떼를 썼다. 그녀는 아들이 왜 그러는지 잘 알고 있었다. 하지만 눈물을 글썽이며 아들의 손을 꼭 잡았다. 성배에게 간곡한 양해의 눈빛을 보냈다. 이사를 가면 언어 장애의 몸으로 어디 가서 허드렛일조차 구하기 쉽지 않았다. 단칸방 구할 돈도 없었다. 여기는 방도 공짜로 내주었기에 가족이 근근이 살아갈 수 있었다. 성배 엄마 처지에선 달리 선택의 여지가 없었다. 성배는 가슴팍이 터질 듯 답답했다. 아나콘다에 온몸이 친친 감기는 느낌이었다. 단 하루도 현수와 같은 하늘 아래 같은 공간에 속하고 싶지 않았다. 집과 학교, 그 어디든 현수로부터 벗어나고 싶었지만 달리 방도가 없었다. 같은 반으로 배정되지 않은 것에 안도의 한숨을 내쉬어야 했다. 현수는 중학생이 되어서도 거푸 반장이 되어 반을 휘저었다. 성배도 친구들의 추대로 반장이 되었다. 성배는 현수와 가능한 한 덜 부딪치며 학교생활을 해 나갔다.

그러던 중, 학교 추계 체육 대회가 시작되었다. 학교 씨름왕을 뽑는 대회가 개최되었다. 민족 민속놀이를 살려 보자는 의미로 금번, 학교에서 만든 특별 종목이었다. 성배는 자신 있게 지원했다. 누구보다 운동은 자신 있었고 답답한 마음이 들 때마다 근육 운동으로 풀어 왔기 때문이다. 성배는 토너먼트 경기에서 모두를 꺾고 결승에 올랐다. 아! 삶의 정적, 현수도 여지없이 결승에 올랐다. 끊임없이 양보를 일삼으며 생활했던 성배는 씨름만큼은 현수에게 무릎 꿇고 싶지 않았다. 현수에게 몸이 눌린 채 모랫바닥에 짓눌려 있고 싶지 않았다. 공명정대한 스포츠의 세계니, 정정당당히 승부를 겨루고 싶었다.

하지만 또 엄마 얼굴을 떠올렸다. 현수와의 관계에서 승패와 순위의 문제가 봉착될 때면 그게 무엇이든 성배는 습관적으로 엄마 얼굴부터 떠올렸다. 누구도 알아차릴 수 없는 성배만의 트라우마였다. 피할 수 없는 현실이었다. 멈칫하며 모래판 위에서 망설이고 있는데, 민희가 성배에게 다가왔다.

"성배야, 난 널 응원할게…. 꼭 이겨 주길 바라."

민희가 성배에게 귓속말을 전하고 지나갔다. 현수가 그토록 좋아하는 민희가 왜 나를…? 성배는 내심, 민희가 마음에 있었지만 현수가 좋아하는 여자이기에 초등학교 시절부터 관심을 두지 않았다. 현수가 마치 자신의 여자인 양 노골적으로 영역 표시를 해 왔기 때문이다. 그런 민희가 짐짓 자신에게 다가와 응원한다고 하니, 이번만큼은 남자로서 기필코 이기고 싶은 마음이 솟아났다. 생애 처음으로 강한 승부욕이 돋아났다.

결승전답게, 5판 3선승제로 거행되었다. 전교생이 보고 있는 앞에서 현수의 표정은 기고만장했다. 챔피언은 이미 따 놓은 당상이었다. 성배를 바라보며 가소롭다는 듯 팔짱을 끼고 짝다리를 짚은 채 발을 흔들어 대고 있었다. 그도 그럴 것이, 현수는 공부는 물론이고 운동은 운동대로, 못하는 운동이 없을 정도로 운동 신경이 뛰어났다. 특히, 상대와의 승부를 가르는 운동에서는 승부 근성이 무서울 정도로 강렬했다. 승부 앞에서 유난히 사납고 타끈스러웠다. 굶주린 맹수와 같았다. 성배는 현수가 지고는 못 사는 다혈질의 성미임을 누구보다 잘 알고 있다. 거만한 표정을 보니 정녕 패배의 쓴맛이 무엇인지 맛보게 해 주고 싶었다.

경기가 시작되었다. 현수의 힘은 만만치 않았다. 둔중한 바윗덩어리 같았다. 그가 적극적으로 공격해 들어올 것은 불 보듯 뻔한 일이었다. 성배는 방어를 하다가 역공을 펼치기로 작전을 세웠다. 아니나 다를까, 현수가 매몰차게 공격해 들어왔다. 성배는 상대의 힘을 이용해 배지기로 현수를 눕혔다. 첫판을 이겼다. 어이없어하며 화난 현수는 둘째 판에서도 혈안이 되어 공격해 들어왔다. 현수가 안다리 걸기를 시도했다. 성배는 중심을 잃고 뒤로 밀렸다. 하지만 뒤로 넘어지면서 뒤집기를 시도했다. 현수가 뒤집히며 모래판에 벌러덩 꽂혔다. 모래판에 꽂힌 현수의 꼴은 참혹했다. 그렇게 둘째 판도 성배가 이겼다. 멋진 뒤집기 기술에 전교생이 난리가 났다. 모두가 "와! 대박!" 하며, "성배! 성배!"를 외쳤다.

약이 바짝 오른 현수의 눈에 혈기가 가득했다. 뒤집기 기술에 치욕을 느끼며 씩씩거렸다. 거칠게 흥분하고 있었다. 곧장, 셋째 판이 시작되었다. 마지막 판이 될지도 모른다. 그때, 현수가 샅바를 움켜쥔 채 성배 귀에 대고 엄포를 놨다.

"너 이 새끼 죽을래? 집에서 쫓겨나고 싶어?"

순간, 성배의 몸이 경직되었다. 철퍼덕, 온몸에 힘이 풀렸다. 그러고 있는 사이 현수가 성배를 들어 바닥에 눕혔다. 이어 넷째 판도 같은 방식으로 허수아비처럼 스르륵 쓰러졌다. 2:2의 상황, 씨름판의 분위기가 최고조에 달했다. 성배는 전의를 상실한 채 어쩔 줄을 몰랐다. 어서 빨리 끝나기만을 바랐다. 그 사이 민희와 눈이 마주쳤다. 민희의 눈동자에서 응원과 안타까움이 보였다. 민희는 두 손을 불끈 쥐며 응원의 손짓을 날려 보내고 있었다.

다섯째 판이 시작되었다. 기세충천한 현수가 성배를 눕히려 온갖 기술을 쓰고 있었다. 성배는 샅바를 잡고서 꿈쩍하지 않았다. 순간순간 엄마 모습과 민희 얼굴이 교차했다. 결국, 속눈물을 흘리며 손의 힘을 뺐다. 이에, 현수가 굶주린 사자처럼 성배를 번쩍 들어

모래판에 내리꽂았다. 머리와 얼굴이 모래 속에 처참하게 파묻혔다. 현수는 친구들의 손가마에 타서 위용을 과시하고 있었다. 극적 역전을 이뤄 낸 학교 최고의 장사라고 전교생이 치켜세우고 있었다. 성배는 머리에 박힌 모래 가루를 툴툴 털어 내며 조용히 퇴장했다. 주위 친구들의 목소리가 달팽이관을 통해 고막 속에 박혀 들어왔다.

"날고 기는 성배도 현수한테는 쪽도 못 쓰네. 완전 작살이네."

성배는 맹수에게 목을 물어뜯긴 가젤처럼 비참하고 서글펐다.

4

바보!
말 안 해도 네 맘 다 알아

체육 대회가 끝나고 고개를 숙인 채 힘없이 터벅터벅 걸어가고 있는데, 민희가 성배에게 뛰어 다가왔다.

"성배야, 같이 가자. 내 응원이 좀 못 미쳤나 봐. 그래도 멋졌어."

"미안하다, 민희야. 실망했지?"

"실망은 무슨! 근데 미안은 하지? 그럼, 지금부터 내 부탁 들어 줘. 군말하지 않고 나 따라오기! 알았지?"

"그, 그래…."

민희가 성배를 중화요리 가게에 끌고 들어갔다. 탕수육은 물론, 한 번도 먹어 보지 못한 팔보채와 양장피 등 세트 메뉴를 시켰다.

"성배야, 오늘 힘 많이 썼는데 많이 먹어. 내가 쏠 테니까 걱정 말고 맘껏 먹어. 피자집 갈까 하다 그건 아무래도 네 취향이 아닐 것 같아서 여기로 왔어. 나 잘했지? 내 성의 봐서라도 많이 먹어야 해? 그리고오… 난 언제나 네 편인 거 알고 있지?"

"민희야, 부담스럽게 왜 그래. 현수가 알면 어쩌려구⋯."

"현수? 현수가 뭐! 내가 무슨 현수 여자 친구라도 되니? 지 혼자 난리 치는 거지."

성배는 여자임에도 보짱이 예사롭지 않은, 특히 현수를 장악하고 있는 민희가 큰 산처럼 느껴졌다. 권능을 소유한 여전사 같았다. 마무리로 짜장면까지 먹으며 성배는 민희 덕에 배를 가득 채웠다. 음식점을 나와 둘은 편백나무 숲이 우거진 어둑어둑한 공원 길을 걸었다. 숲으로부터 시원한 바람이 자늑자늑 불어왔다. 민희가 자연스럽게 성배의 팔짱을 끼웠고 성배는 당황스럽긴 했지만 민희로부터 뭔가 따스함이 느껴졌다. 엄마 같기도, 누나 같기도 한 포근함이 상처투성이의 성배 가슴에 고이 전해져 왔다. 기분이 한결 쇄연해졌다.

"성배야, 근데 왜 그랬어?"

민희의 말에 속상함이 젖어 있었다.

"뭘? 무슨 말이야?"

"왜 져 줬냐고."

"네가, 네가 그걸 어떻게⋯!"

"왜? 내가 여자라 모를 줄 알았니? 난 네 표정만 봐도 다 알아. 네 얼굴, 팔뚝의 힘줄, 버티고 있는 다리의 힘살⋯. 난 다 보여. 네가 어떤 상태인지, 어떤 마음인지 모두 다⋯."

"미안해, 민희야. 나도 이기고 싶었지만…."

"바보…! 말 안 해도 네 맘 다 알아."

민희가 성배를 끌어안으며 등을 다독였다. 성배는 민희의 작은 품에 얼굴을 묻었다.

"사랑해, 성배야. 무슨 일이 있어도 내가 널 지켜 줄 거야."

"민희야…."

성배는 자신과는 많이 다른, 민희의 밝은 모습이 좋았다. 함께 있으면 성배의 어두운 마음이 노란색 물감을 뿌려 놓은 것처럼 밝아졌다. 그녀의 짧은 말 한마디 한마디는 성배의 얼어붙은 마음을 녹이는 화로와 같았다. 눈빛은 성배의 비루한 몸을 감싸 안는 누비이불과 같았다. 민희는 아담하지만 뽀얀 쪽파처럼 야무지고 단아한 여자였다. 성배는 자신 앞에서 종달새처럼 종알대는 모습이 너무도 사랑스럽게 느껴졌다. 늘 머그샷 같은 성배의 표정에 미소를 발화시켰다. 그녀의 작은 품은 볏단처럼 폭신했다. 민희와 함께 있으면 햇빛도, 달빛도, 별빛도 그의 가슴속으로 찰랑찰랑 쏟아져 내렸다. 난생처음 느껴 보는 행복감이었다. 두 사람은 서로의 사랑을 확인하며 입을 맞췄다. 하지만 민희의 따뜻한 사랑이 전해 오면 올수록 성배의 마음은 더욱 조마조마했다. 손에 쥐고 있는 과자 하나마저 빼앗길까 봐 두려워 가슴에 꼭 움켜쥐고 있는 아이와 같았다.

5

깜도 안 되는 놈이 어디서…

현수와 민희는 부모님의 뜻대로 명문대 입학 실적이 좋은 사립
고에 들어갔다. 성배는 사립고 등록금과 분기별 수업료를 감당할
만한 계제가 아니어서 일반고에 진학했다. 현수는 민희를 여전히
좋아했기에, 특목고 진학도 민희가 지원한 학교를 따라 지원했다.
여자든 뭐든 자신이 원하는 것에 대한 소유와 쟁취욕은 타의 추종
을 불허했다. 하지만 성배와 깊은 사랑을 나누고 있는 민희는 현수
에게 전혀 관심을 보이지 않았다. 현수는 자존심이 상했다. 뭔가 개
운치 않은 느낌이 들어 비밀리에 민희의 뒤를 밟았다.

민희가 주말마다 성배를 만나 함께 도서관에 가고, 함께 공부하
고, 함께 밥도 먹으며 즐겁게 지내는 것을 목격했다. 공부를 마치
면 성배가 민희의 집까지 바래다주고 있었다. 둘이 보통 사이가 아
님을 확연히 느낄 수 있었다. 현수는 배알이 뒤틀려 왔다. 속에서
부글부글 천불이 났다. 잠자코 있을 수 없었다. "감히…! 너 따위가
내 여자를? 각오해라! 성배, 너 이 새끼!" 하며 악다구니를 물었다.

현수는 자신에게 그저 원 플러스의 원 따위에 지나지 않는 성배가 자신의 여자에게 손을 댄다는 것 자체를 용인할 수 없었다.

쉬는 시간에 학교통이라고 하는 두식이가 성배를 찾아왔다.

"네가 성배야?"

단도직입적으로 말한다.

"너 이 새끼, 민희 만나지 마라. 알겠냐?"

"…."

성배는 당황한 채 잠자코 있었다.

"알겠냐고, 인마!"

두식이가 책상 위에 놓여 있던 성배의 책과 필기도구를 바닥에 집어 던지며 말했다. 두식의 위세를 잘 알고 있는 반 친구들이 눈치를 보며 고개를 숙이고 있었다. 교실은 쥐 죽은 듯 조용해졌다.

"네가 뭔데 이래라저래라 그래?"

참고 있던 성배가 두식을 쳐다보며 말했다.

"뭐라고, 이 새끼야? 너 이 새끼 내가 누군지 몰라? 무식한 귀신이 부적도 몰라본다더니 이 새끼가 완전 겁대가리를 상실했구먼! 뒈지기 싫으면 까불지 말고 엉아 말 들어라! 알겠냐?"

두식이가 성배의 뺨을 손바닥으로 툭툭 쳤다. 성배가 참지 못하고 두식의 손목을 세게 움켜잡으며 째려봤다.

"허, 이 새끼 봐라? 손 놔! 안 놔? 눈 깔아! 안 깔아? 허, 이 좆만

한 새끼가 겁대가리 없이 까부네!"

"…."

성배는 대꾸하지 않고 두식의 얼굴만 노려보고 있었다. 그때 수업 시작을 알리는 차임벨이 울렸다.

"너 이 새끼, 학교 끝나고 봐!"

두식이 씨근덕대며 교실을 빠져나갔다. 학교 수업을 마치고 집을 향해 걸어가고 있는데, 아니나 다를까 두식이 길을 막고 있었다. 옆에는 대여섯 명 정도의 패거리가 몰려와 담배를 물고 성배를 에워쌌다. 성배를 중심에 놓고 욕과 엄포의 성찬이 이어졌다.

"야, 이 새끼야! 네 주제를 알아야지. 어디서 깜도 안 되는 놈이 남의 여자를 넘봐! 꼬우면 부모를 잘 만나던지."

"대체 나한테 왜 그래! 니들이 뭔데 그래!"

"알 거 없고, 다시는 민희 만나지 마. 알았어?"

"그렇게 못 하겠다면…."

"그럼 맞아야지."

패거리가 한꺼번에 성배에게 달려들었다. 한두 명은 누구와도 자신 있던 성배도 여섯 명이 한꺼번에 달려드는 데는 속수무책이었다. 바닥에 쓰러진 채 얼굴과 몸이 정신없이 짓밟혔다. 온몸에 피멍이 들었다. 눈과 광대뼈가 부어올랐다. 입술에서 피가 터져 나왔다. 심하게 부은 한쪽 눈이 시야를 방해했다.

"오늘은 여기서 끝낸다. 다음에 또 만나면 그땐 각오해. 그땐 네가 좋아하는 여자도 가만히 안 놔둘 테니까, 알았어?"

두식과 패거리는 비소를 지었다. 사람 하나에 여섯이 달려들어 인정사정없이 폭행을 저질러 놓고서는 마치 청산리 대첩이라도 거둔 것처럼 자랑스러운 발걸음을 하며 유유히 사라졌다. 성배는 피를 닦아 내며 한 사람의 얼굴이 떠올랐다. 갑자기 학교통이라는 녀석이 나타나 자신에게 겁박을 주고 때리며 민희를 만나지 말라고 협박을 하는 데는 현수 외에 어느 누구도 떠오르지 않았다.

"현수 네가, 또 나를! 그렇다고 애들까지 시켜서 나를 겁줘? 비겁한 자식!"

성배는 입술을 짓깨물고 침을 뱉었다. 침 속에서 핏덩어리가 가득 묻어 나왔다. 피투성이가 되었지만 분노가 치밀어, 어떤 통각도 느껴지지 않았다. 하지만 자아는 표적 하나에 수없이 뚫린 총구멍처럼 처량했다. 너덜너덜 누더기가 된 기분이었다. 또다시 짓밟힌 자신의 모습이 한없이 무능하게 느껴졌다. 매번 굴종해야 하는 현실이 죽기보다 싫었다. 맥없이 당하고만 사는 자신을 누군가 훔쳐보며 비웃고 있는 것만 같았다. 눈물을 머금으며 집에 들어왔다. 이 꼴을 보면 엄마가 속상해할 것 같아 몰래 조용히 들어갈 궁리를 했다.

"성배야, 어디 갔다 오냐? 왜 이렇게 늦었냐? 너 얼굴은 또 왜 그래!"

다 알고 있으면서 모른 척 지껄이는 현수의 어조에 성배는 기가 찼다. 굳게 쥔 주먹이 떨리며 손등에 뽀얗게 힘이 몰렸다.

"치사한 새끼!"

성배가 입술에 힘을 주고 나지막이 말했다.

"뭐라고, 인마? 밖에서 쥐어 터지고 와서 왜 나한테 지랄이야!"

성배는 대꾸해 봤자 소용없음을 알고 집으로 들어갔다. 등 뒤에서 조롱 섞인 현수의 목소리가 들려왔다.

"그러니까, 조심해야지. 뭔지는 모르겠지만 주제 파악 잘 하면서 살아야지, 안 그래?"

뒤돌아보니 현수가 하인을 바라보듯 거만하고 지엄한 표정을 짓고 있었다. 봉건적 눈빛을 내쏘고 있었다. 비웃고 있는 입 속에선 타액에 젖어 번들거리는 어금니가 드러나 보였다. 저 어금니로 질긴 갑각류를 토막 내듯 성배를 자근자근 씹어 대는 비열한 녀석이었다. 그에게 성배는 늘 오징어 다리 정도였다. 아니, 현수가 소유한 실험용 쥐 정도에 지나지 않았다. 평온한 표정으로 성배를 정교하고 교활하게 압제했다. 그는 마리오네트 인형처럼 얇은 실 하나로 성배를 갖고 노는 디테일한 악마였다.

6

그, 그게 정말이에요?

성배는 방에 들어가 이불을 뒤집어썼다. 이불을 아무리 돌돌 말아도 마음엔 삭풍이 불어왔다. 피눈물이 났다. 아파서 나오는 눈물이 아니었다. 살점 속에 파낼 수 없는 옹이가 틀어박힌 채 진한 아픔으로 밀려왔다. 분통과 처량함 속에 슬픈 시간들이 지나가고 있었다. 자신을 업신여기고 조롱하는 현수를 단방에 죽여 버리고 싶었다. 돈 몇 푼 받고 떼로 몰려와 괴롭혀 대는 녀석들도 모조리 작살내고 싶었다. 하지만 성배는 응징할 어떤 힘도 소유하지 않았다. 이에, 그는 그 누구도 자신을 건드리지 못하도록, 힘을 길러야겠다고 이를 악물며 다짐했다. 지금으로선 공부를 통해 힘을 기르는 것 외에 어떤 방책도 없었다. 죽도록 공부해서 검사가 돼야겠다고 마음먹었다.

자신의 상처를 치유해 주는 유일한 삶의 백신 민희, 성배에게 그녀 없는 오후는 어두운 밤보다 무섭고 허전했다. 하지만 공부 열심히 해서 반드시 같은 대학에서 만나자고 말했다. 지금으로선 그것이 민희를 보호하고 자신을 위하는 유일한 길이라고 생각했다. 성배는 박차를 가했다.

결국, 학년 전체에서 1등을 거머쥐었다. 이대로 열심히 하면 자신이 꿈꿔 오던 명문대 법대를 진학하는 데 별다른 문제가 없었다. 3학년이 되어서도 줄곧 1등을 놓치지 않았고, 모의고사 전국 석차에도 안정권을 유지했다. 자신의 성적에 엄마가 누구보다 기뻐하고 있었다. 과외든 학원이든 사교육 한 번 못 시켜 준 아들이건만, 탁월한 성적으로 공부를 해내니 성배 엄마는 감사의 눈물을 흘렸다. 살아갈 힘이 솟았다. 한편, 성배 엄마는 아들이 공부 좀 한다고 교만을 떨거나, 사람들 앞에서 겸손을 잃지 않도록 당부했다. 성배는 엄마의 뜻을 잘 헤아리고 있었다. 현수처럼 건방 떨지 않으려 자신을 더욱 경계하며 하루하루를 생활해 나갔다.

그러던 어느 날, 병원에서 급작스러운 연락이 왔다. 엄마가 재래시장에서 장을 보던 중 화재 사고를 당했다고 했다. 경찰은 누전으로 인한 화재 사고로 추정하고 있었다. 성배는 정신없이 병원으로 달려갔다. 엄마의 온몸이 붕대로 친친 감겨 있었다. 전신 중화상으로 고통 속에서 시름하고 있었다. 입 밖으로 어떤 소리도 내지 못하는 엄마가 얼마나 고통스러운지 비명을 지르고 있었다.

"왜 내 엄마에게 이런 처참한 일들이 벌어지는 걸까. 평생 언어장애라는 이유로 사람들에게 무시당하고 차별받으며 살아온 내 엄

마. 그 온갖 차별과 부당한 대우 속에도 자신의 처지를 비관하지 않고 성실하고 착하게 살아온 엄마에게 하늘은 왜 이리 가혹한 형벌을 내리는 걸까."

성배는 너무도 비통하고 아팠다. 누군가 날카로운 칼로 자신의 심장을 긋는 것 같았다. 말로는 표현할 수 없는 아픔이었다. 엄마가 불쌍해서 숨조차 내쉬어지지 않았다. 주체할 수 없는 눈물이 쏟아져 나와 서럽고 또 서럽게 울었다. 고등학교 2학년인 여동생은 "오빠! 엄마 어떻게 해! 엄마 죽는 거 아니지?" 하며 오열하고 있었다. 엄마 친구분이 달려오셨다. 엄마를 보며 하염없이 눈물을 흘렸다. 세상에 착하기 이를 데 없는 두 부부가 왜 이리 하나같이 불의의 사고로 고통을 받으며 살아가야 하는지 모르겠다고 안타까워하고 있었다. 하늘이 너무도 원망스럽다고 눈물만 훔쳤다. 남편도 주인집 아들 구하려다 비명횡사했는데, 또 이런 일이 발생했다고 울먹였다. 옆에서 울고 있던 성배가 울음을 멈췄다. 아버지의 죽음에 대해 생전 처음 듣는 말을 듣고 성배는 어리둥절했다.

"이모, 그게 무슨 말씀이세요?"

"성배, 넌 아직 모르고 있었나 보구나. 엄마가 얘기 안 해 주시던?"

"네, 처음 듣는 얘기예요. 누굴 구하려다 돌아가셨다는 게, 그게 무슨 말씀이세요?"

"주인집에 너랑 동갑내기 남자애 하나 있지? 걔가 다섯 살쯤 유

치원에 다녔는데, 네 아버지가 사모님과 그 애를 유치원까지 차로
데려다주고 데려오는 일을 했었단다. 유치원 선생님이 그 아이 손
을 잡고 인계를 기다리고 있는데, 건너편 인도에 서 있던 사모님을
보고 그 아이가 갑자기 도로로 뛰어든 거야. 그걸 보고 깜짝 놀란
네 아버지가 도로로 달려들어서 그 아이를 밀쳐 내고 그만…. 그렇
게 차에 치여 돌아가신 거란다.”

“이모, 그, 그게, 정말이에요? 현수 그 녀석 구하려다 아빠가 그
렇게 되신 거라구요?”

성배는 어이가 없어서 말이 안 나왔다. 아빠의 죽음이 다른 사람
도 아닌 현수 때문이었다니…, 기가 막힐 노릇이었다. 마른하늘만
쳐다보며 통탄했다.

7

꿀에 자존심은…!

슬픔에 잠길 새도 없이 담당 의사가 말했다. 빨리 수술을 해야 하고 수술비가 만만치 않으니 하루빨리 수술비를 마련해 오라고 했다. 성배는 망연자실했다. 보험을 든 것도 없고, 주머니에 단돈 만 원도 없는 고등학교 3학년 학생에게 수술비를 마련해 오라니…. 집 안을 샅샅이 뒤졌다. 엄마가 성배가 대학에 갈 것을 대비해 등록금과 일정 금액을 모아 놓고 있음이 생각났기 때문이다. 돈을 찾아 일단 급한 대로 엄마 수술비로 사용했다. 하지만 2차 수술비가 부족했다. 성배는 발을 동동 굴렀다. 누구에게도 손 내밀 곳이 없었다. 죽기보다 싫었지만 현수 어머니에게 엄마를 살려 달라고 애원했다. 조만간 돈을 벌어서 꼭 갚을 테니 수술 비용을 빌려 달라고 간청했다. 현수 엄마가 안타까워하며 2천만 원을 선뜻 빌려주었다.

성배는 꿈꿔 왔던 대학 진학을 포기했다. 포기하는 것 외에는 도리가 없었다. 학교에서는 성배의 성적을 아까워하며 포기를 만류했지만, 뾰족한 수가 없었다. 운명은 성배의 반대편에 있었다. 그

운명이라는 것이 때론 양아치 같은 습성을 지녀서 약한 자만을 골라 괴롭혔다. 불행이라는 것이 그의 삶 앞에 명주실처럼 술술 뽑혀 나와 도처마다 슬픔의 그림자를 드리웠다. 성배는 모든 일을 작파한 채 일단 엄마를 살려 놓고 대학에 가든 말든 해야겠다고 생각했다. 아니, 대학은커녕 엄마 화상 치료는 물론 동생과 먹고살기조차 버거운 형편이었다. 엄마를 살리고 동생과 먹고사는 문제만큼 시급하고 간절한 문제는 없었다. 고등학교를 졸업하자마자 돈을 벌었다. 인문계를 나온 성배는 기술도 없고 취직자리도 마땅찮아 공사판에서 노동을 하며 돈을 벌었다. 일당을 받아 가며 하루 종일 일했다. 밤이면 병원으로 달려가 엄마 병시중을 들다가 병원에서 쪽잠을 자며 지냈다. 주말에 대학생이 된 현수가 면회를 왔다. 자신이 그토록 진학하고 싶었던 그 대학의 대학생이 되어 있었다. 더욱 신수가 훤해져 있었다. 현수가 봉투를 내밀었다. 성배는 차마 받을 수 없었다. 손이 나가지 않았다.

"받아, 인마. 대학생 되고 한 달 동안 과외를 해서 번 돈이야."

"됐어…. 마음만 받을게."

"새끼, 꼴에 자존심은…!"

현수가 봉투를 던져 주고 갔다. 봉투 안에는 삼십만 원이 들어 있었다. 성배는 미칠 것 같았다. 알 수 없는 눈물이 터져 나왔다. 늘 그랬지만 자신을 비참하게 하는 현수의 말투가 그의 심장을 콕콕

찔렀다. 말할 때마다 살점이 하나씩 툭툭 떨어져 나가는 것 같았다. 그의 말 속에는 늘 예리한 유리 파편이 한두 개씩 박혀 있었다. 이제 그러려니 할 수도 있을 것 같은데, 현수의 말은 아무리 들어도 적응이 되지 않았다. 항체가 생겨나지 않았다. 성배는 문득 자신의 뒤틀어져 있는 열등의식 때문인지 생각해 봤다. 일정 부분 인정한다고 해도 싸잡아 넘기기엔 너무도 고통스러운 감정이었다. 그 앞에 있으면 자아가 오그라들었다. 단 한마디에도 진저리가 났다. 현수는 성배라는 존재를 비리고 비리게 하는 존재였다. 부대찌개 속라면 사리처럼 현수의 진부한 먹잇감에 지나지 않았다.

삼십만 원을 벌기 위해 성배는 일주일을 꼬박 일해야 하는데, 대학생이 된 현수는 학생 한두 시간씩 가르치고 삼십만 원을 번다. 세상은 처음부터 끝까지 불공평의 연속이다. 어제의 금수저는 오늘도 금수저고, 한번 흙수저는 영원한 흙수저다. 성배는 현수가 건넨 돈을 받고 고마운 생각보단 적선을 받는 듯한 묘한 굴욕감에 가슴이 바스러졌다. 날은 따스하고 푸르나 마음은 동파를 일으켜 슬픔으로 터져 나갔다. 해장국집에 들어가 국밥에 밥을 말아 욱여넣었다. 비참한 마음이 솟구치며 목이 메어 국물조차 넘어가지 않았다. 눈물이 탕 속으로 뚝뚝 떨어졌다.

8

이게 웬
귀신 씻나락 까먹는 소리지?

다행히 엄마가 1년 반 동안의 병원 생활을 마치고 퇴원할 수 있었다. 아직 온전하진 않지만 피부 이식 등 수술 상태가 비교적 양호해 생활하는 데는 큰 장애가 없었다. 다만, 온몸과 얼굴 일부에 퍼져 있는 화상 자국이 성배의 마음을 아프게 했다. 성배는 일단 현수 부모에게 아직 갚지 못한 돈을 빨리 갚고 군대에 다녀와야겠다고 생각했다. 닥치는 대로 돈을 벌어 조금씩 돈을 모았다. 고등학교를 졸업하고 바로 취직한 동생 민선이도 돈을 벌었다. 성배는 동생을 믿고 군대에 다녀와도 괜찮겠다고 생각했다. 그렇게 조금씩 돈을 모아 나가고 있는데, 현수 어머니가 성배를 불렀다. 하얀 사기 그릇에 금테를 두른 고급 잔을 든 채 성배에게 말했다. 현수가 군대에 가야 하는데 신체검사에서 현역 판정을 받았다고 했다. 요즘 세상에 마음대로 빼낼 수도 없고 자신의 아들이 어떤 성격인지를 알기에, 군대에 가서 문제라도 일으키지 않을까 걱정을 많이 하고 있었다.

"성배야, 우리 현수가 군대에 가야 하는데 도저히 마음이 놓이지 않는구나. 어차피 너도 군대에 가야 하잖니. 어른스러운 너랑 함께 가면 그나마 조금이라도 마음이 좀 놓일 것 같구나. 아줌마가 알아 보니 최근에 동반 입대 제도가 생겼다더구나. 그러니 현수랑 동반 입대 신청을 해 주지 않겠니? 부탁한다, 성배야. 그렇게만 해 준다 면 나머지 돈은 안 갚아도 되니 그렇게 해 주렴."

현수 엄마는 성배의 마음을 모른다. 자신의 아들로부터 성배가 얼마나 크나큰 고통을 겪으며 생활해 왔는지 모른다. 성배는 갈등 했다. 돈 때문이 아니라 현수와는 어떤 식으로도 엮이고 싶지 않았 기 때문이다. 오랫동안 자신을 무시하고 자존심 상하게 하는 행동 이 트라우마가 되어 강한 적개심으로 불타오르고 있었기 때문이 다. 그렇다고 어려울 때 유일하게 마음 써 준 현수 엄마의 요청을 차마 거절할 수도 없는 상황이었다. 성배는 현수 엄마를 보며 현수 가 외탁 유전자는 전혀 받은 게 없는 백 퍼센트 친탁일 거란 생각 이 들었다.

"현수 어머님 말씀 잘 알겠습니다. 그렇게 할게요. 아직 갚아 드 리지 못한 돈은 제가 제대하고 반드시 갚도록 할게요."

현수와 성배는 결국 동반 입대를 했고, 내무반 생활을 함께했다. 평생 아무 일도 하지 않고 왕자처럼 곱게 자란 현수는 역시나 내무

반 생활에 애를 먹고 있었다. 청소도 할 줄 모르고, 관물대 정리 정
돈도 할 줄 모르고, 고참들에게 예의를 갖추지도 않으니 점점 고문
관이 되어 가고 있었다. 그럴 때마다 성배가 옆에서 재빨리 도와주
었고, 그 도움으로 어렵사리 적응하며 지내고 있었다. 철없는 현수
는 수시로 집에 전화를 걸어 빨리 이 지옥 같은 곳에서 빼내 달라
고 조르고 있었다.

1월의 어느 한겨울 밤, 새벽 2시경 현수는 보초를 나가야 하는
데 추워서 나가기가 싫었다. 하지만 어쩔 수 없이 나가 근무 교대
를 했다. 20분 정도 지나자 결국, 추위를 못 견디고 몰래 막사의 따
뜻한 보일러실로 잠입해 들어가 몸을 녹였다. 그러다 깜빡 잠이 들
었다. 그사이 대대장이 불시에 순찰을 돌았다. 부대가 난리가 났다.
보초병 근무지 이탈에 대한 책임을 물어 전 부대원 완전 군장 차림
으로 연병장 집합 명령이 떨어졌다. 아무 생각 없이 잠을 자던 현
수는 화들짝 놀라 재빨리 집합 장소로 달려갔다. 대대장이 당장 해
당 사병을 나오라고 했다. 현수는 벌벌 떨며 앞으로 나갔다. 대대장
이 현수에게 보초 근무 지역 이탈에 대한 책임을 물었다. 다급해진
현수가 거짓으로 둘러댔다.

"대대장님, 제가 오늘 몸 상태가 안 좋아서 근무 교대를 한 후 유성
배 일병에게 보초 교대 협조를 요청했습니다. 그래서 저 대신 유 일
병이 오는 것을 확인하고 내무반에 들어갔습니다. 제가 보초 근무 지

역을 이탈한 것이 아니라 유성배 일병이 이탈을 한 것 같습니다."

현수가 허탄한 말로 상황을 모면하고 있었다.

"그게 정말인가! 유성배 일병 나와!"

대대장이 불렀다.

"일병 유성배!"

성배는 어안이 벙벙한 채 뛰어나갔다. 숨 고를 새도 없이 예기치 않은 상황이 전개되고 있었다. 달려 나가는 몇 초의 순간에 온갖 생각과 여러 얼굴이 맴돌았다.

'이게 웬 귀신 씻나락 까먹는 소리지? 이를 어쩌지? 너 이 자식 강현수! 네가 또 죄 없는 나를 물고 늘어져?'

"유 일병, 지금 강현수 일병 말이 사실인가?"

"…."

성배는 순식간에 터져 나올 것 같은 입술을 억누르며 어찌할 바를 몰랐다.

"사실인가? 빨리 대답해!"

"시정하겠습니다!!!"

성배는 큰 소리로 대답했지만 눈에선 눈물이 핑 돌았다.

"사실이라 이거지? 보초 근무지 무단이탈은 탈영과 같은 무서운 위법 행위다. 중대장은 병사의 잘못을 철저히 조사하고 조치를 취해서 다시는 이런 일이 발생하지 않도록 전 부대원 교육을 시키기를 바란다. 이상."

성배는 현수의 얼굴을 쳐다봤다. 현수는 양심에 걸렸는지 고개를 숙이고 있었다. 인간은 보통, 대중들 앞에선 좋은 사람으로 내비치려 애쓰는데 현수는 사람들이 있을 때건 없을 때건 시간과 장소를 가리지 않았다. 늘 한결같았다. 한결같이 비정했다. 성배는 저 인간이 대체 왜 자신만을 이토록 힘들게 하는지 역학 조사라도 해서 문제의 근원을 파헤치고 싶은 마음이었다. 부대의 군기 빠짐에 대한 책임을 물어 전 부대원이 열외 없이 완전 군장을 하고 밤새 연병장을 돌았다. 모두 다 성배를 바라보며 욕설을 퍼부으며 성토했다. 수많은 눈빛과 음성이 성배의 폐부를 찔렀다. 진실이 매도당했을 때의 억울함, 성배는 기관 단총으로 모조리 긁어 다 끝내 버리고 싶은 충동이 일었다.

성배는 조사를 거쳐 2주간 군기교육대에 들어갔다. 군기교육대에서 온갖 고초를 겪으며 왜 이리 현수와의 지독한 악연은 이토록 끊어지지 않고 계속되는 것인지 하늘을 보며 원통함을 느꼈다. 다섯 살때 죽었어야 할 현수를 살려 놓고 돌아가신 아버지가 원망스럽기까지 했다. 성배의 심경은 언제 갈라질지 모르는 불안정한 활성 단층과 같았다. 그렇게 성배는 군 생활에서까지 현수의 괴롭힘을 당하는 일개미 신세가 되어야 했다. 크고 작은 고초 속에서 국방부 시계가 느릿느릿 지나갔다.

9

네가 사람이냐?
네가 인간이냐고!

제대하고 집에 오니 엄마와 민선이 날아갈 듯 기뻐했다. 믿음직한 오빠가 돌아왔다고 민선은 더없이 좋아했다. 두 사람은 성배가 군 생활을 할 때조차 현수로부터 얼마나 큰 고통을 받았는지 알지 못한다. 갑자기 민선이 오빠에게 통장을 삐쭉 내밀었다.

"오빠, 오빠 군에 가 있는 동안 내가 모은 돈이야. 오빠가 다시 공부해서 대학도 가고 오빠가 되고 싶은 검사도 꼭 돼 줬으면 좋겠어."

"민선아! 네가 얼마나 힘들게 벌었는데 오빠가 이걸 어떻게 쓰니. 너도 공부해서 대학 가야지. 오빠 일은 오빠가 알아서 할 테니까 이걸로 대학 문 두드려 봐."

"오빠, 오빠가 나보다 훨씬 공부도 잘했잖아. 돌아가신 아빠 몫까지 오빠가 해내야지. 안 그래?"

"민선아…."

성배는 다시 공부를 시작했다. 공부를 다시 시작할 수 있다는 것이 설레었다. 아침 일찍 도서관에 가서 열심히 공부를 했다. 엄마가 점심, 저녁용 도시락을 싸 줬다. 성배는 도시락을 먹으며 밤늦게까지 도서관에 머물렀다. 그렇게 그는 뛰는 가슴을 안고 하루하루 단거리 선수처럼 전력 질주를 했다. 고교 시절 공부를 열심히 했던 기본 실력이 있어서인지 금세 정상 궤도에 다다르고 있었다. 일요일 밤, 공부를 마치고 집에 들어왔다. 멸치 똥을 따고 있던 엄마가 나와서 성배를 맞았다.

"민선이는요?"

성배가 물었다.

"애가 어디가 아픈지 하루 종일 방 안에서 나오지를 않아. 밥 먹으라고 해도 생각 없다 하고…."

성배 엄마가 걱정스러운 표정으로 수화를 했다. 성배는 노크를 하고 민선이 방에 들어갔다. 민선이가 이불을 뒤집어쓴 채 울고 있었다.

"민선아, 왜 그래? 어디 아파?"

"아니야, 오빠…. 혼자 있고 싶으니까…. 그냥 좀 내버려 둬."

"민선아, 오빠한테 말해 봐. 응?"

물으며 민선의 얼굴을 자세히 뜯어보니 볼에 붉은 손자국이 서려 있었다.

"얼굴이 왜 그래! 누구야! 누가 널 이렇게 만들어 놨어! 어서 말해 봐! 응?"

"오빠…!"

"응, 걱정하지 말고 차분히 말해 봐."

"오빠, 실은 낮에 현수 오빠가 우리 집에 왔었어. 집에 아무도 없는 것을 확인하더니, 들어와서 나를 강제로 성폭행했어."

민선은 서러운 눈물을 흘리며 읍곡했다.

"뭐라고…? 현수가? 그 개새끼가? 이 개새끼를 그냥!"

"오빠, 어쩌려고!"

성배는 현수 집으로 뛰어 들어갔다. 다른 가족들은 여행을 떠나고 2층에 현수 혼자만 있었다. 티브이로 영화를 보며 맥주를 마시고 있었다. 여동생을 성폭행해 놓고 아무 일도 없었다는 듯 유유자적하고 있는 모습을 보니 피가 거꾸로 솟았다.

"너 이 새끼, 도대체 우리 가족에게 왜 이러는 건데!!"

"내가 뭘, 새끼야!"

"나 하나로 부족해서 내 동생까지 건드려?"

"인마, 남녀 사이에 그럴 수도 있지 뭘 그런 것 가지고 그래!"

"뭐라고? 그런 것 가지고 그런다고? 네가 사람이냐? 네가 인간이냐고!!!"

성배는 현수를 죽일 듯 노려봤다. 눈동자에 울혈이 맺혔다.

10

그 선택의 몫은 오직…

"성배야! 너 왜 그래, 인마! 좋은 말로 할 때 눈 깔아라."

"야 이 새끼야. 내가 네 꼬붕이냐? 이 악마 같은 놈아!"

"어라! 요 새끼 봐라? 많이 컸다? 성배 너 이 자식!"

"너 그게 지금 친구한테 할 소리냐? 네가 나를 여태 한 번이라도, 단 한 번이라도 나를 친구로 생각해 보긴 했냐?"

"웃기고 있네. 인마! 너 약 처먹었냐? 보자 보자 하니까 깜도 안 되는 놈이 이제 같이 놀려고 하네? 친구로 생각 안 했다면 어쩔 건데! 어쩔 건데 빙신아!"

"너 같은 놈은 세상에서 없어져야 돼! 죽여 버리겠어!"

"누가! 네가? 나를? ㅎㅎㅎ 죽여 봐! 죽여 봐, 이 새끼야!"

기어이 악이 악을 손짓했다. 괴물과 싸우던 성배, 그 또한 괴물이 되어 가고 있었다. 인내와 성실로 살아온 그의 성정에 강한 파열음이 생기며 금이 쩍쩍 갈라지고 있었다. 성배의 이마에서 핏대가 돌출하기 시작했다. 머리가 핑 돌며 눈동자가 뒤집혔다. 그동안 억눌러 왔던 감정의 봉인이 풀리며 실핏줄이 터질 듯한 분노가 휘몰아쳐 왔다. 울분이라는 불꽃에 도화되어 거센 불길로 번지기 시작했다.

성배가 옆에 있는 맥주병으로 가차 없이 현수의 머리를 내리쳤다. 두개골, 이마, 광대뼈, 코, 입, 모두를 으깼었다. 존재의 근거를 말살했다. 상어가 사람을 무는 건 사람이 아니기 때문이다. 상어에게 사람은 오직 물고기의 일종에 지나지 않는다. 성배가 행한 건 살인이 아니었다. 무시와 차별을 일삼는, 법으로는 처치 불가한 짐승에 대한 도륙이었다. 처단이었다. 이제 현수는 더 이상 성배를 경시의 눈빛으로 쳐다보지 못할 것이다. 비웃음을 짓지 못할 것이다. 더는 그 입술로 모욕의 말을 내뱉지 못할 것이다. 성배는 처분하고 나니 속이 뻥 뚫렸다. 들러붙은 채 끊임없이 자신의 몸을 기어다니고 있는 구더기를 떼어 낸 것처럼 날아갈 것만 같았다.

현행법은 성배의 피맺힌 상처를 들여다보지 못할 것이다. 법조문엔 한 인간이 겪는 모멸에 대한, 간악함의 꼭대기에 서 있는 한 인간에 대한 응당한 응징 법리가 존재하지 않을 것이다. 그 포악질을 지켜보는 사람들도 함께 공분할지언정 누구도 어찌하지 못할 것이다. 신조차도⋯. 아니, 신은 속죄한다면 성배에게 어떤 양해조차 없이 죄를 사해 주고 말 것이다. 그러니, 죽이든 살리든, 용서하든 처형하든, 그 선택의 몫은 오직 성배 자신뿐이다. 성배는 지긋지긋한 악연과 모멸을 끊어 내고자 했고, 방편으로 살해와 자살을 선택했을 뿐이다. 상대를 죽이고 자신이 죽는 것, 그것만이 끊임없는 모욕의 사슬을 끊어낼 궁극의 방법이었다.

"야 이 새끼야! 이래도 네가 잘났냐? 이래도 내가 우습냐? 또 지껄여 봐! 지껄여 봐! 이 나쁜 새끼야!"

성배는 피 칠갑이 돼 버린 현수를 보며 정신없이 소리 지르다, 털썩 주저앉았다. 아수라장이 돼 버린 도살 현장을 바라보며 담배를 물었다.

"그래, 이제 다 끝났어. 모든 게 끝났어. 그만 쉬자! 그만 끝내자!"

눈가에서 눈물이 주르륵 흘러내렸다.

"엄마! 용서하세요. 엄마…! 엄마…!"

성배는 불쌍하고 아픈 엄마 얼굴을 되뇌다, 모든 결심이 끝난 듯 손등으로 눈물을 훔쳤다. 지체 없이 자신의 손목 동맥 혈관에 맥주병으로 날을 그었다. 손목을 내려놓고 피가 흐르는 물길을 열어 주었다. 성배는 벽에 기대어 천장을 바라보았다. 또래의 진절머리 나는 갑질과 수모를 견디며 어떻게든 참고 살아가 보려 했던 지난날의 기억들이 스쳐 갔다. 손목에서 분사되는 피의 양만큼 점점 의식을 잃어 갔다. 입에 문 담배가 흐릿흐릿 재로 타들어 갔다. 공포의 흑사병이 중세를 멸망시켰듯 감정의 능욕이 성배를 허물어뜨렸다. 그렇게 가여운 꽃잎 하나가 아스라이 꺼져 갔다.

어떤 선택

이제 부모가 자신에게 입혀 놓은 조신한 삶, 지고지순의 껍데기를 벗어 내던지기로 했다. 지나온 삶에 반기를 들고 붉은 깃발을 펄럭이기로 했다. 접시 위의 과일 중, 자신에게 건네 오는 배를 두 손으로 정중히 받는 대신, 자신이 좋아하는 사과를 직접 포크로 꼭 찍어 사각사각 베어 먹기로 했다.

"형진 씨! 사랑해요! 당신을 선택합니다!"

1

오케스트라 합주 연습이 끝났다. 마치고 집으로 향하는데 규리가 형진에게 술 한잔을 하자고 제안했다. 형진이 동의를 했고 지현은 부자연스럽게 따라갔다. 식사 겸 술이 가능한 카페형 삼겹살집에 갔다. 오늘도 여느 때처럼 규리가 수다를 떨며 분위기를 띄웠고 형진은 추임새를 넣었다. 지현은 자신의 복잡한 심경을 감추기 위해 애써 천연한 표정을 짓고 있었다. 하지만 속이 속이 아닌지라 평소보다 과음을 했다. 취기가 달아오르고 있었다. 아무것도 모르고 들떠 있는 규리는 물론, 자신까지 휘둘리고 있단 생각에 지현은 자존심이 상하고 복잡한 감정이 복받쳐 왔다. 규리가 화장실에 간 사이, 지현은 술의 힘을 빌려 형진에게 쏘아붙였다.

"형진 씨! 대체 당신 뭐예요? 내가 그렇게 만만한 여자로 보여요? 당신이 뭔데 나를 이토록 비참한 사람으로 만들어요?"

"지현 씨! 미안해요. 규리 씨 집에 보내고 이따가 얘기해요."

술집을 나와 파하고, 형진과 지현이 따로 만났다.

"지현 씨, 나 지현 씨를 한순간도 가볍게 생각한 적 없어요."

"그럼, 왜 여태 아무 말도 없이 저를 이리 힘들게 하는 거예요?"

"지현 씨는 결혼할 사람이 있다면서요. 곧 있음 결혼한다면서요. 규리 씨한테 얘기 들었어요. 잘나가는 변호사랑 결혼한다고…. 지현 씨가 어떻게 살아왔는지, 어떤 가치관을 품고 살아가는지 알고 있는데, 차마 더는 지현 씨를 붙잡을 수 없었어요. 자신 있게 붙잡을 만큼 내세울 것도 없는 처지구요. 솔직히 지현 씨 보기 힘들어서, 오케스트라도 조만간 그만둘까 생각 중이에요."

"그럼, 그때…! 왜 저를 흔든 거예요? 나보고 어쩌라고요!"

"그땐, 지현 씨 눈이 말하고 있었어요. 나를 원한다고. 나 또한 단 한 번만이라도 당신을 느끼고 싶었구요. 그 순간만큼은 서로 같은 마음일 거라 확신했어요. 서로 후회 같은 건 하지 않을 거라 믿었구요."

"저 정말 미칠 것 같아요. 모든 게 엉망이 된 기분이에요. 머릿속 프로그램이 다 깨져 버린 느낌이라구요!"

"지현 씨가 날 원한다면, 난, 그 어떤 것도 감내할 수 있어요. 당신! 놓치고 싶지 않아요. 하지만, 지현 씨는 절대 그렇게 하지 못할 거예요."

지현은 형진의 마지막 말에 대답하지 못한 채 눈물만 쏟았다. 마스카라에 번진 눈물이 짓궂은 어린아이의 눈물처럼 검게 흘러내렸다. 형진은 지현을 안전하게 집에 바래다주었다. 택시를 타고 집으로 가는 길, 형진은 차장 너머 어두운 불빛들을 바라보며 지나온 시간들을 떠올렸다.

2

가을바람이 삽상하게 불어오는 일요일 아침, 형진은 악기를 챙겨 학원 연습실로 향했다. 건물 주차장에 주차한 후 트렁크에서 악기를 빼내 어깨에 메고 건물 안으로 들어갔다. 일요일 아침의 상가 건물은 텅 빈 채 어둡고 고요했다. 밤새 조문을 마친 장례식장처럼 스산했다. 침침한 복도를 지나 엘리베이터를 타고 5층에 올라갔다.

학원 현관 비밀번호를 누르니, 스르륵 풀리는 소리와 함께 문이 열렸다. 학원 내부 또한 어둡고 적막했다. 어둠 속에서 비스킷처럼 얇은 햇볕 한 장이 창문 틈을 뚫고 들어와 공간을 갈랐고 둥둥 떠다니는 먼지 입자들만을 생생히 비추고 있었다. 형진은 홀로 텅 빈 학원 문을 따고 들어가는 그 생경한 느낌이 왠지 좋았다. 살벌한 경계망을 뚫고 독립군 아지트에라도 잠입해 들어가는 기분이었다. 다락방에 있는 것처럼 가슴이 자늑자늑했다.

3

형진은 평일 중엔 회사 일에 매진한다. 일로 녹초가 될 지경이다. 새벽 출근, 자정 집 도착을 무한 반복한다. 엄밀히 말하면, 일 때문이라기보다는 열외 없는 경직된 조직 문화 때문에 진이 빠질 지경이다. 그 절박함 때문인지, 주말 혼자만의 시공간 확보는 귀하고 소중하다. 다이아몬드보다 값지다.

직장인의 주말은 대체로 부족한 잠을 채우는 시간이다. 소파 위를 뒹굴며 와불상이 되는 시간이다. 축 늘어진 채, 티브이와 함께 시간을 흘려보내는 것이 일반적이다. 형진은 그런 주말의 일상을 배격했다. 이불을 박차고 일어나 자신의 시간을 뽑아내고자 노력했다. 뚜렷한 목적이 있어서가 아니다. 뭐가 됐든 자신을 위한 시간을 조금이라도 누리지 못하면 삶이 공허해서였다. 얼결에 멍청히 돌아온 월요일은 허무와 우울로 가득했기 때문이다.

음료가 구비된 휴게방의 불을 켜고 들어가 커피포트를 눌렀다. 연기가 피어오르는 하얀 머그잔을 두 손에 움켜쥐고 따스한 믹스 커피를 마셨다. 내린 커피는 아니지만 달짝지근한 커피 향이 방 안을 그윽하게 했다. 창밖 대로변을 내려다보며 커피를 삼켰다. 도로

위의 차들도 일요일답게 나태했다. 한가로이 물속을 헤치며 꼬리를 흔드는 물고기 같았다. 고적한 건물의 한 코너에 바람처럼 들어와 홀로 즐기는 티타임, 형진은 어쩌면 지금 누리는 이 시간을 획득하기 위해 독한 한 주를 견뎌 낸 것인지도 모른다.

얼마 전 거금 오백만 원을 주고 산 클라리넷을 꺼냈다. 검고 기다란 원통에 은은히 빛나는 은색 운지 키들이 아름다웠다. 묵직이 깔리는 저음의 음색이 흡족했다. 역시 가격이 악기의 품질을 깊숙이 반영했다. 형진은 자신이 내뿜은 호흡에 감미로운 소리가 흘러나오니 마음이 달큰해졌다. 더욱 열심히 불고 싶은 마음이 샘솟았다. 오늘도 오케스트라 연주곡을 연습했다. 속도가 빨라 손가락이 원활하지 않은 부분, 연속된 당김음으로 박자가 몸에 배지 않는 파트를 중점적으로 연습했다. 오케스트라 동호회에 들어가 활동한 지 2년이 돼 가지만, 수준 높은 클래식 곡을 소화해 내기란 여간 어렵지 않음을 느끼고 있었다.

4

형진은 학창 시절 음악 시간에 음악을 느껴 본 적이 없다. 악기 경험도 없다. 초등학교 시절 의무적으로 불었던 리코더, 중·고등학교 시절 반주 소리에 맞춰 술렁술렁 합창을 해 본 게 전부다. 마장조니, 단3도니, 세도막 형식이니 하는 것들 때문에, 음악은 그저 따분하고 지루한 과목으로 인식했을 뿐이다. 다행히 대학 시절 기타에 관심이 생겨 독학으로 가요나 팝송을 연주해 본 경험이 있지만, 직장 생활을 시작한 이후론 그마저 손을 놨다.

밤늦게까지 일하고 동료들과 술추렴을 하다 자정을 넘긴 시간에 집에 들어와 쭉 뻗어 자곤 했다. 자명종 소리에 바둥대며 일어나 비몽사몽 집을 나서곤 했다. 붐비는 지하철 안에서 손잡이를 붙잡고 서서 반쯤 감은 눈으로 흔들흔들 졸다가 사무실을 찾아 들어가곤 했다. 형진은 피곤과 스트레스에 찌들어 생활하는 회사 생활 패턴이 진절머리 났다. 인간이 언제 나자빠질지에 대한 피로 임계 테스트를 하는 가혹한 조직 문화라 생각했다. 그 상황을 벗어나는 것은 오직 한 가지, 극단적 선택밖에 없었다. 그렇다고 치열한 경쟁을 뚫고 어렵게 들어온 회사를 포기할 순 없었다. 삶의 질, 일의 의미 따위 포기하고 퍼더앉아 아등바등 버텨 내는 수밖에 없었다.

5

어느 토요일 저녁, 특근을 하고 지친 몸으로 지하철에서 내려 집을 향해 걸어가는데, 맞은편에서 음악 소리가 들려왔다. 자신은 이 시간까지 일하고 기진맥진한 몸으로 집에 가고 있는데, 주말을 즐기는 흥겨운 소리를 들으니, 약이 올랐다. 허탈했다.

어쨌거나, 환호와 박수 소리가 들려오는 쪽으로 향했다. 돔처럼 생긴 야외 공원 무대에서 공연이 한창 벌어지고 있었다. 어둠을 가르는 강한 사이키 조명이 무대를 휘젓고 있었다. 삼백 명 정도 되는 가족 단위의 사람들이 옹기종기 잔디밭에 앉아 공연을 즐기고 있었다. 형진은 이 지역에서 수년간 살고 있었음에도 이런 멋진 공원이 있었다는 사실을 처음 알았다. 형진에게 이곳은 오직 새벽과 늦은 밤 시간에만 익숙한 지역이었다. 초저녁 시간의 전경조차 낯설게 느껴지는 지역이었다. 형진도 제일 뒤편에 앉아 공연을 봤다. 록 밴드의 연주가 끝나고 색소폰 연주가 이어졌다. 귀에 익은 연주곡이었다. 자세히 들어보니 〈대니 보이〉였다. 연주자는 긴 파마머리에 데님 재킷과 찢어진 청바지를 입고, 재킷 팔목을 반쯤 접은 채 연주하고 있었다. 폼이 나 보였다. 자유로운 영혼임을 공표하듯 분방함이 느껴졌다. 곡의 클라이맥스 고음 부분에서 피가 끓는 듯

절규하는 색소폰 소리가 밤하늘의 공기를 갈랐다. 날카로운 굉음 속에 살을 에는 듯한 프레젤렛, 그 거칠고 강렬한 색소폰 소리가 형진 가슴에 들어차 팔뚝에 소름을 돋게 했다. 연주자는 연이어 얇고 기다란 황금색 소프라노 색소폰으로 케니 지의 〈Loving you〉를 연주했다. 음률이 솜사탕처럼 감미로웠다. 치즈와 버터를 바른 듯 음이 미끄러졌다. 형진은 색소폰의 음색에 매료되었다. 저도 모르게 무대 가까이 다가가 공연에 빠져들고 있었다. 간혹 반주기를 틀어 놓고 대충 뽕짝이나 연주하는 그런 소리와는 비교되지 않는 고상한 아정함이 느껴졌다. 색소폰이 이리도 품격 있는 악기인지 처음 느끼게 되었다.

6

형진은 간단한 문의를 마치고 곧장 음악 학원에 등록했다. 퇴근이 늦어 평일 수업은 불가능했다. 토요일 늦은 오후에 하는 것으로 학원에서 배려해 주었다. 형진의 음악 생활, 색소폰과의 동고동락은 그렇게 시작되었다. 형진의 회사는 퇴근 시간이 경직되게 운영되다 보니, 눈치 보기와 야근이 관례였다. 밤 9시 전후에 사무실을 빠져나가는 것조차 감지덕지였다.

형진은 퇴근 후 동료들과 출출한 배를 채우며 한잔씩 하던 행위를 강력히 퇴치했다. 매번 눈치 보며 빠져나오기가 수월치 않았지만 마음을 단단히 먹었다. 그만큼 색소폰에 대한 매력과 열정이 뜨거웠다. 실질 업무가 마무리되는 저녁 7시가 되면 단 10분이라도 빨리 학원으로 향하고자 하는 마음이 까슬까슬 달아올랐다. 들뜬 마음으로 사무실 눈치를 보며 적당한 퇴근 시점을 타진하곤 했다. 퇴근 인사를 하면 행여 붙잡힐까 봐 조용히 사무실을 빠져나갔다. 동료들은 형진의 급격한 행동 변화에 의아해했다. 회사 생활에 이골이 나 있는 고참 선배들은 형진의 조직 바운더리 이탈에 노골적으로 눈치를 줬다. 자신들의 무료한 삶의 전통을 따르지 않고 탈출을 감행하는 후배에 대해 부러움과 시기심이 공존하고 있었다.

형진은 매일 느껴지는 따가운 시선을 감수하며 탈출을 결행했다. 밤 10시경 학원에 도착해 불 꺼진 학원 문을 열고 들어가 악기 연습을 했다. 학원 원장님이 형진의 여건을 배려해 학원 비밀번호를 알려 주었기에 가능한 일이었다. 그렇게 매일 밤 두 시간씩 연습하고 밤 12시가 넘어 건물 경비원에게 쫓겨나듯 학원을 나서는 일을 반복했다. 하루 중 자신이 좋아하는 일에 빠져 몰입하는 두 시간은 긴요했다. 자정을 넘겨도 피곤하지 않았다. 학원을 나와 시원한 밤공기를 마시며 총총히 떠 있는 뭇별을 보며 걸을 때면 하루가 보람찼다. 위기 상황에서 가까스로 세이브를 기록한 마무리 투수처럼 기분이 짜릿했다. 학창 시절, 도서관에서 공부가 쏙쏙 들어와 충만해진 가슴으로 집을 향할 때와 유사한 기분이었다.

형진은 스스로 택한 작은 선택이 갸륵하게 느껴졌다. 서른의 나이에 연애할 생각도 안 하고 주말마다 학원에 틀어박혀 연습을 강행했다. 2년 정도 꾸준히 하다 보니 그렇게 안 되던 리듬감이 생겼다. 복잡한 악보도 점점 빠르게 눈에 들어오기 시작했다. 연주에 자신감이 생겨났다. 동호회 내 연주는 물론, 외부 초청 연주 기회도 얻게 되었다. 좋아하는 일에 대한 효과는 컸다. 주변에서 연주에 대한 찬사가 쏟아졌다. 은근히 자신을 부러워하는 사람들도 생겨났다. 그렇게 지겨운 직장 생활과는 대척점을 이루며 즐거운 음악 활동을 유지해 나갔다.

7

그러던 어느 날, 인터넷을 보다가 아마추어 필하모닉 오케스트라 단원을 뽑는 광고를 봤다. 윈드 오케스트라가 아니어서, 색소폰 파트는 뽑지 않았다. 형진은 현악기와 관악기 등 다양한 악기가 어우러진 오케스트라 모습이 멋져 보였다. 들어가고 싶은 목표가 생겨났다. 색소폰과 가장 가까운 악기인 클라리넷을 다시 배우기로 했다. 그렇게 또다시 2년 동안 클라리넷을 배웠다. 다행히 복식 호흡, 음악 이론, 운지 요령 등이 색소폰과 비슷해서 비교적 빠른 시간에 일정 수준에 도달할 수 있었다. 열정으로 임했던 색소폰 4년이라는 시간이 유의미하게 다가왔다.

오케스트라 입단에 지원했다. 인기 있는 단체라 입단 절차가 까다로웠다. 각각의 악기 파트에 대한 테스트 과정이 있었다. 형진은 관악기 6년의 경험을 살려 테스트 과정에 합격했다. 일요일마다 합주 연습에 참여했다. 클래식 곡이 주류이고 합주 경험이 미진해 적응하는 데 애를 먹었다. 마디 수를 세어 가며 자연스럽게 파트를 들락날락하기가 쉽지 않았다.

하지만 꾸준히 참여하고 연습을 하다 보니 점점 주변 악기 소리가 귀에 들리기 시작했다. 화음에 자신의 악기 소리를 넣는 감각이 생겨났다. 합주의 즐거움, 하모니의 아름다운 음색을 머리가 아닌 오감으로 느껴 나갔다. 음악을 점점 깊이 있게 느낄 때마다 희열과 행복감이 배가되었다. 음악을 듣는 것과 실제로 연주하는 것, 그 즐거움의 차이는 생각보다 큰 차이임을 알게 되었다. 그렇게 정기 연주회와 봉사 연주 활동 등을 하며 2년의 시간을 보냈다.

　새봄이 시작되면서 파트별 신입 단원이 입단했다. 호른, 트럼펫, 바이올린, 플루트 각 1명씩 총 4명이 신규로 입단했다. 각자 자기소개를 했다. 호른, 트럼펫 단원의 자기소개가 끝나고 바이올린과 플루트 파트의 신입 단원 소개가 이어졌다.

　바이올린 단원은 삼십 대 초반의 여성이었다. 바이올린을 시작한 지 20년 정도 됐다고 했다. 바이올린이 좋아 한 번도 손에서 놔본 적이 없다고 했다. 상당한 실력을 갖춘 듯 보였다. 어느 남자 단원이 그녀에게 결혼 여부를 물었다. 그녀는 약속한 남자 친구가 있다고 공언했다. 플루트 단원도 삼십 대 초반의 여성이었다. 그녀는 피아노를 전공한 여자였다. 지금 피아노 학원을 운영하고 있으며 건반 악기가 지겨워 플루트로 합주에 참여해 보고 싶은 마음에 지원했다고 말했다. 방금 소개한 바이올린 단원과는 오랜 친구이고 친구랑 함께 연주 활동을 하고 싶어 들어왔다고 자기소개를 했다. 합주 연습은 매주 일요일 두 시에 시작해서 다섯 시에 끝났다. 형진은 연습이 끝나면 차를 몰고 집으로 향했다. 차창 너머 신입 단원인 두 여자가 마을버스 정류장에 서 있는 모습이 보였다. 그들은 악기를 들고 마을버스를 기다리고 있었다. 바이올린과 플루트 단원이었다. 형진은 가까운 지하철역에 내려 드리겠다며 두 사람을 태웠다. 두 여자가 감사함을 전하며 차에 올라탔다.

"집이 어디세요?"

형진이 물었다.

"분당요⋯."

두 여자가 약속이라도 한 듯 합창을 했다.

"아, 진짜요? 저도 집이 거긴데, 함께 가면 되겠네요."

"정말요? 와⋯! 잘됐다. 안 그래도 지하철 타고 마을버스 타고 왔다 갔다 하기가 많이 불편했거든요."

플루트 단원 규리가 말했다.

"그럼, 앞으로도 오고 갈 때 두 분을 정중히 모시겠습니다."

"진짜요⋯? 감사합니다. 그럼 신세 좀 질게요."

그러자 규리 대신 바이올린 단원, 지현이 말했다.

"규리야, 그냥 우리끼리 다니자. 우리 때문에 불편을 드리는 거잖아."

"아닙니다. 두 미인을 모실 수 있게 되어 영광입니다. 저야 뭐 함께 다니면 말벗도 생기고 심심치 않을 테니 오히려 제가 감사드리죠."

"역시, 미인을 알아보신다니까⋯. 그럼 저희를 모실 기회를 드릴게요. ㅎㅎ"

규리가 웃으며 말했다. 그렇게 형진은 분당에서 지현을 먼저 내려 주고 10분 정도 더 가서 규리를 내려 주었다. 반대로 합주 연습을 하러 올 때는 규리를 먼저 태우고 지현의 아파트에 들러 합주실로 향했다.

두 사람은 친구라는데 스타일이 극명히 달랐다. 한 사람은 타원형, 한 사람은 정사각형이었다. 규리는 늘 형진의 옆자리에 탄 채 종알거리며 형진을 즐겁게 해 주었다. 내년에 서른셋이라는데 얼굴도, 말하는 스타일도 20대 초반의 대학생처럼 통통 튀었다. 밝고 자유분방한 스타일이었다. 음악을 전공한 여자답게 감성도 풍부하고 감정 기복도 심했다. 타원의 럭비공처럼 유쾌함과 당당함과 엉뚱함이 깔려 있었다.

지현은 차분하고 신중했다. 바이올린의 음색처럼 칼칼하고 예민했다. 살아오면서 한 번도 정상 궤도를 벗어나 본 적 없는 여자처럼 보였다. 바이올린 실력이 전공자 못지않은 것은 성실하고 정결하게 살아온 생활 패턴을 증명하는 방증이기도 했다. 살면서 정강이를 까여 본 적 없는 여자 같았다. 얼굴도 햇볕에 그을려 본 적 없는 해사한 낯빛을 하고 있었다. 지현은 뒷좌석에 앉아 형진이 운전할 때마다 과속이나 교통 신호를 위반하지 않도록 당부했다. 심지어 횡단보도에서 멈출 때 정지선조차 위반하지 않도록 잔소리를 하곤 했다. 위반 여부를 확인하기 위해 차창을 열어 고개를 내밀어

볼 정도였다. 도시의 지적도처럼 반듯반듯 각진 여자였다. 형진은

지현과 결혼할 남자가 매일 어떻게 저 온갖 잔소리를 견디며 살아

갈지 상상만으로도 아찔했다.

9

오늘도 연습을 끝내고 집을 향하고 있는데 두 여자가 저녁 식사를 하자 했다. 매번 태워 주는 것에 대한 감사의 표시로 식사를 대접하고 싶다고 했다. 형진은 흔쾌히 수락했다. 함께 음식점에 갔다. 참치회로 식사를 마치고 호프집으로 자리를 옮겨 대화를 이어 갔다. 지현은 로펌에 다니는 여자였다. 법대를 나와(변호사는 아니고) 로펌에서 법무 관련 일반 사무 일을 하고 있다고 했다. 형진은 왜 그리 그녀가 말할 때마다 준법정신을 들먹였는지 이해가 되었다. 바르게 행동하고 규칙을 지키는 것을 정언명령으로 여기며 살아가는 사람처럼 느껴졌다. 아이러니하게도 그녀는 법 없이도 살아갈 정도의 바른 생활의 여자였다.

규리는 최근 피아노 학원을 내놨다고 했다. 학원을 하기 전엔 개인 레슨과 연주 활동을 병행했다고 했다. 어디에도 묶이지 않고 자유로운 생활을 했었는데 학원을 운영하고부터는 꼼짝을 못 한다고 푸념했다. 학원은 자신과 적성에 맞지 않다고 말했다. 학원에 묶인 채 학부모와 상담하고 어린아이들을 다독이며 가르치는 일이 성격에 맞지 않다고 했다. 형진은 규리가 왜 힘들어하는지 알 것 같았다. 자신이 생각해도 규리의 성향으로는 학원 운영이 맞지 않겠다는 생각이 들었다. 규리는 형진에게 피아노나 플루트를 배우고 싶으면 감사 표시로 가르쳐 줄 테니 학원 정리 전 언제든 오라고 했다.

2차로 노래방에 갔다. 규리는 탬버린을 흔들어 대고 아이돌 노래를 부르며 분위기를 신나게 돋우었다. 정통 클래식 음악을 한 사람답지 않게 랩도 구성지게 잘했다. 귀여운 여자였다. 지현은 성격만큼이나 차분한 발라드 노래를 불렀다. 지현이 노래를 부르는 동안, 규리는 형진의 손을 끌어내 블루스를 췄다. 형진은 규리의 쿨한 성격이 마음에 들었다. 그녀의 실크 셔츠가 보드랍게 느껴졌다. 매혹적인 향수가 코를 찔렀다. 며칠 후 형진이 규리에게 전화했다. 토요일 5시쯤 학원에 놀러 가도 되는지 물었다. 플루트를 배워 보고 싶은 생각에서였다. 규리는 흔쾌히 승낙했고 형진은 곧장 규리의 학원에 방문했다. 생각보다 규모가 큰 학원임을 확인하고 형진은 깜짝 놀랐다. 무대에 설치된 그랜드 피아노, 학원 전체를 하얀색으로 장식해 놓은 인테리어가 세련돼 보였다. 구간마다 간접 조명과 어우러진 인테리어가 마치 고풍스러운 유럽의 음악당에 와 있는 것 같았다. 규리가 형진을 반갑게 맞으며 학원 구경을 시켜 준 후 플루트를 가르쳐 주었다. 형진이 관악기를 잘 연주하는 것을 알고 있기에 주법과 운지법 위주로 알려 주었다. 발달된 입술 근육 때문인지 형진은 금세 플루트 소리를 맑게 냈다.

규리는 평소 캐쥬얼한 복장과는 달리 원장답게 세련된 셔츠에 깔끔한 스커트를 입고 있었다. 은색 실크 셔츠 안으로 물큰한 가슴이 농염하게 출렁였다. 형진이 규리에게 피아노 연주를 요청했다. 엉뚱 발랄한 규리가 요청을 수락하고 피아노 앞에 앉았다. 순간, 돌변했다. 연주에 집중하며 몰입했다. 타건하는 손가락이 파도처럼 물결치다 자판처럼 톡톡 때리기도 했다. 형진은 피아노 치는 규리의 모습이 생경했다. 전혀 다른 사람 같았다. 이지러지도록 강렬한 표정을 짓는 규리의 모습이 색다른 매력으로 다가왔다. 휘몰아치는 동작과 피아노 울림에 감동과 전율이 일었다.

연주가 끝나자 형진은 박수를 친 후 피아노 의자에 앉아 있던 규리의 목덜미를 뒤에서 감싸 안았다. 규리가 뒤돌아 형진과 키스를 했다. 마치 이전에 서로의 마음을 확인이라도 한 듯 자연스럽게 스킨십이 진행되었다. 형진이 규리를 번쩍 들어 올리자, 규리가 다리로 형진의 허리를 감쌌다. 그의 품에 안긴 채 어둠이 깔린 원장실로 향했다. 규리가 라흐마니노프의 〈피아노 협주곡 3번〉을 틀었다. 규리의 미세한 신음과 묵직한 피아노 소리가 묘한 하모니를 이루며 극한 흥분 속으로 빨려 들어갔다.

그렇게 규리와 형진은 진전했다. 합주를 오갈 때마다 뒤에 지현이 있다는 것도 의식하지 않은 채 거침없는 대화와 스킨십을 단행했다. 지현은 둘의 애정 행각이 당황스러웠다. 친구지만, 규리의 멈

칫조차 없는 행동을 이해할 수 없었다. 자신은 함께 차를 타고 있

으면 안 되는 사람처럼 느껴졌다.

10

그러던 어느 날, 규리가 운영하던 피아노 학원이 결국 다른 사람에게 넘겨졌다. 규리는 앓던 이가 빠졌다며 좋아했다. 학원 정리 기념으로 두 달간 유럽 배낭여행을 간다고 전했다. 규리는 그날만을 기다리며 살아온 사람처럼 즐거워하며, 지체 없이 여행을 떠났다. 규리가 여행을 떠나고 형진과 지현 두 사람만 오케스트라 연습실을 오고 갔다. 뒷좌석에만 있던 지현이 조수석으로 자리를 옮겼다. 자연히 둘이서만 대화하는 시간이 많아졌다. 마주하는 거리는 가까워졌지만 과연, 형진과 지현의 생각은 많이 달랐다. 정반대에 가까웠다. 한 명이 하늘 천이면, 다른 한 명은 분명 땅 지였다. 한 명이 화성인이면, 다른 한 명은 금성인이 확실했다.

지현은 여전히 생활 속에서 규정 준수, 시간 엄수, 도덕성 등을 중요시 여겼고, 형진은 남에게 불편을 주거나 폐 끼치지 않는 일이라면 굳이 그렇게 준법성에 얽매여 살아갈 필요는 없지 않으냐고 반문했다. 지현은 이유 불문 혼전 성관계는 부도덕한 행동이라 했고, 형진은 성관계를 꼭 결혼을 매개로 임해야 하느냐, 그렇게까지 완강히 규제를 두고 지켜야 하는 행동 규칙이 아니라고 맞섰다. 결혼이 무슨 배우자에 대한 배타적 성 독점권 쟁취 이벤트냐고, 지금이 무슨 조선 시대냐고, 따져 물었다.

사사건건 생각이 부딪쳤다. 그럼에도, 싸우거나 상대의 생각을 자기 기준으로 강요하지는 않았다. 형진은 지현의 말을 성심껏 경청했다. 다만 자신의 생각과 다른 것은 다르다고 논리적으로 반론을 제기했다. 지현은 형진이 그런 면에서 일견 유연한 사고를 지닌 사람이라 생각했다. 개방적 사고를 기저로 삶을 자유롭게 변주하는 사람처럼 느껴졌다. 자신이 갖고 있지 않은 그의 유연함이 신선하게 다가왔다. 생각은 다르지만 그와 나누는 대화가 순간순간 놀랍기도, 즐겁기도 했다. 호기심 가득한 눈으로 그를 좀 더 세세히 열람했다.

지현은 그동안 자신의 지나친 선입견으로 그의 내면을 얼보았다는 생각이 들었다. 그를 참고인 신분에서 의미 있는 사람으로 전환했다. 그에 대한 이해와 신뢰의 마음이 밀물과 썰물처럼 발 빠르게 들락날락했다. 더 이상 그에 대한 경계가 일지 않았다. 자기 보호가 강한 타이트한 옷차림의 삼엄한 경계망을 조금씩 해제했다. 옷매무새를 편안히 했다. 단출하고 살품 있는 옷을 입고 합주실을 오갔다.

합주를 마치고 집에 가는 중, 형진이 지현에게 드라이브를 제안했다. 지현이 선뜻 동의했다. 형진은 지현의 쿨한 동의가 다소 의외라는 생각을 하며 남한산성을 향해 페달을 밟았다. 도착해서 행궁을 둘러본 후 개잎갈나무와 풀숲이 우거진 데이트 코스의 길을 함께 걸었다. 시원한 바람이 살랑댔다. 그녀의 머릿결과 낭창낭창한 치마가 바람에 나부꼈다. 형진은 땀샘조차 없을 것 같은 우윳빛 피부에 건포도 같은 지현의 턱 밑 점이 오늘따라 육감적으로 느껴졌다.

그녀의 미소에서 와인 잔처럼 맑은 소리가 났다. 건조하게만 보이던 표정에서 동글동글 팬지꽃 같은 귀여운 모습이 담겨 있었다. 볼은 알감자처럼 윤기가 돌았다. 활짝 웃을 때 어금니까지 드러난 새하얀 치아가 도드라졌다. 기업 인수 합병장 회의실에서나 나올 법한 평소의 딱딱한 말투와 고지식함이 사라져 있었다. 오늘따라 카나리아처럼 귀엽게 재잘거렸다. 평소보다 최소 열 살은 어린 표정을 짓고 있었다. 형진은 그녀가 언제 자신의 가슴에 이토록 깊숙이 침투한 것인지 새삼 놀랐다.

늦게 도착해서 그런지 금세 날이 어둑해지고 있었다. 날이 흐려지더니 빗방울이 한두 방울씩 뚝뚝 떨어졌다. 그때 지현이 가방에서 우산을 꺼내 펼쳤다. 형진은 입이 벌어졌다. 역시 지현은 못 말리는 철벽녀라는 생각이 들었다. 함께 우산을 받으며 걸었다. 형진이 지현에게 팔짱을 끼라고 팔짓을 했다. 그러자 지현이 정색을 하며 말했다.

"형진 씨는 규리와 사귀는 중이고 나도 사귀는 사람이 있는데, 우리 이러면 안 되는 거잖아요. 안 되겠어요. 이제 그만 집에 가요."

형진은 지현의 당돌한 말에 웃음을 흘렸다. 오늘따라 귀여워 보여, 그녀가 숙맥에 모범 숙녀란 사실을 까마득히 잊고 있었다. 왼손으로 우산을 들고 오른손으로는 지현의 어깨 위에 손을 얹고 걸었다. 지현은 순간, 가슴이 뛰고 당황해 형진의 손을 떨구기 위해 몇 차례 어깨를 흔들어 대긴 했지만 완강히 뿌리치지 못했다. 갈대처럼 야들야들한 그녀의 몸피가 형진의 팔뚝 안에 접혔다. 그렇게 우산 속 연인의 모습으로 걸었다.

11

어느새 어둠이 더욱 짙어졌다. 형진이 우산을 내던지고 지현에게 기습 키스를 했다. 지현은 가슴이 철렁 내려앉았다. 심장이 정신없이 맥동했다. 어둠 속에서 목석이 되어 있었다. 정지된 채 당황한 눈동자만이 나침반 자침처럼 혼란스럽게 흔들렸다. 꿈을 꾸고 있는 것 같았다. 형진의 입술을 밀어 내지 않고 있는 자신을 발견했다. 그의 깊은 키스에 자신의 입술이 벌어지고 있었다. 평생 자신을 붙들어 매던 이성은 어디론지 증발해 버린 채, 마른 낙엽에 이는 불길처럼 가슴이 화르르 불타올랐다. 입이 벌어진 채 형진의 목덜미를 힘주어 끌어안고 있었다. 배타적 태도가 이타적 몸짓으로 변화했다.

둘은 인적 없는 숲으로 빨려 들어갔다. 형진이 지현의 몸을 수색했다. 치마 속 잔여물이 거둬졌다. 지현의 낭창낭창한 옷들이 형진의 뜻을 따라 원만히 길을 열어 주고 있었다. 지현은 형진의 손을 방어하려 안간힘을 쓰긴 했으나 이미 함락된 채 두 눈을 꼭 감고 그의 목덜미만 부여잡고 있었다. 큰 나무에 기대어 한쪽 다리가 올려지고 있었다. 나뭇잎에 맺혀 있던 빗방울이 지현의 허벅지 위에

한 방울씩 뚝뚝 떨어지고 있었다.

그럴 때마다 지현은 더욱 스산한 자극에 온몸이 움찔움찔, 꼼짝조차 할 수 없었다. 돌발에 대한 대응 매뉴얼이 없었다. 유사시에 대한 판단 능력을 상실했다. 오직 형진의 목덜미만 움켜쥔 채 정신을 놓고 있었다. 어두워서 자신이 눈을 감고 있는 건지, 뜨고 있는 건지 구별조차 할 수 없었다. 어둠은 그렇게 지현의 온갖 고정 관념을 송두리째 뒤덮고 감각만이 지배하는 세계로 이끌었다. 황망하고 두렵고 꿈같은 시간이 흘러갔다. 손톱으로 형민의 등 근육을 깊게 패어 놓고서야 모든 것이 끝났다.

지현은 부들부들 떨었다. 서른두 살 먹은 여자의 행동이 아니었다. 21세기 여자가 아니었다. 첫 경험을 마친 열여섯 살 소녀의 몸짓을 하고 있었다. 32년을 지켜 온 자신의 가치관과 순결이 한순간에 동나 버렸다. 모든 게 순식간이었다. 혼란과 멍함이 교차를 이루며 시간이 흘러가고 있었다. 형진과 집으로 돌아가는 순간까지 아무 말 없이 뭐에 홀린 듯한 시간을 흘려보내고 있었다. 차창 앞 유리에만 시선을 고정한 채 떨리는 가슴을 부여잡고 있었다.

형진이 도착해서 지현의 손을 꼭 잡고 이마에 키스했다. 지현은 한동안 멍하니 있다가 차에서 내려, 집으로 뛰어 들어갔다. 집에 들어온 지현은 샤워기를 켜 놓은 채 한동안 머리에서 발끝까지 온몸을 적셨다. 욕실을 나와 두꺼운 이불을 뒤집어썼다. 아무리 몸을 웅

크려도 떨림은 멈추지 않았다. 어둠 속에서 형진과 나누었던 순간들이 떠올라 잠을 이룰 수 없었다. 진폭 큰 이퀄라이저처럼 마음이 들쭉날쭉 소요했다. 자신의 귓불을 깨물던 그의 호흡이 귓전에서 울려 퍼졌다. 생전 처음 나눴던 자신의 그곳이 움찔움찔 시큰거렸다. 철저히 믿고 살아왔던 도덕관념, 결백하리만치 지독하게 지켜 왔던 순결 의식, 책임감, 이런 뿌리들이 한순간에 뽑혀 나갔다. 무엇이 자신을 이토록 허망하게 무너뜨렸는지 아무리 생각해도 답을 찾아낼 수 없었다.

한 번도 늦어 본 적 없는 그녀가 지각으로, 텅 빈 운동장을 가로질러 괴괴함이 감도는 복도를 홀로 걷고 있는 듯한 음산한 기분이 들었다. 자신이 뭔가 큰 잘못을 저질렀거나 궤도를 이탈한 듯한 불안과 두려움이 엄습해 왔다. 그렇게 지현은 삶의 중대 사변을 치른 것 같은 아찔함을 느끼며 정신없이 한 주를 흘려보냈다.

12

　다행인지 불행인지, 규리가 두 달의 배낭여행을 마치고 돌아왔
다. 많이 걸어서인지 규리의 얼굴이 태닝을 한 듯 검게 그을려 있
었다. 건강해 보였다. 예전처럼 세 명이 함께 차를 타고 합주실로
향했다. 지현은 다시금 뒷자리로 옮겨 타야 했다. 규리는 여행지에
서 있었던 일들을 신나게 얘기했다. 형진은 규리의 얘기에 재밌어
하며 맞장구를 쳤다. 지현은 지금 자신이 어떤 상황 속에 있는지 혼
란스러웠다. 형진에게 하룻밤 대상으로 전락해 버린 것인가. 형진은
저렇게 아무렇지 않은데 자신 혼자만 전전긍긍하고 있는 것인가. 기
실, 목숨처럼 지켜 온 성의식은 이렇게 아무것도 아니란 말인가.
　형진은 지난 일 이후로 가타부타 아무 말이 없었다. 지현은 답답
해 심장이 터질 것만 같았다. 모호와 불확실성, 이것은 인간이 느끼
는 가장 가혹한 감정이란 생각이 들었다. 더구나, 아무 일도 없었던
듯 규리와 장난치며 태연하게 얘기를 나누는 모습을 보니, 자신이
바보 같단 생각이 들었다. 나쁜 남자에게 낚였다는 생각조차 들었
다. 어찌할 바를 모른 채 속으로 끙끙대며 발을 동동거렸다. 아무렇
지 않은 듯 참아 내는 것 외에 어떤 생각도 떠오르지 않았다. 답답

한 마음이 논바닥처럼 말라비틀어져, 레몬을 생각해도 침이 나오지 않았다. 물 없이 삼킨 알약이 가슴 언저리에 얹힌 듯 답답함이 목울대를 조여 왔다. 심장은 불주사를 맞은 것처럼 아른아른 아파 왔다. 그가 미웠다. 서글프고 속상했다.

그렇다고 그가 밉기만 한 건 아니었다. 부르면 당장이라도 달려가고 싶은 마음이 솟구쳤다. 왜 자꾸 그런 마음이 올렁대는지 알 수 없었다. 지현은 이성적으로 냉정히 생각해 봤다. 자신은 결혼할 사람도 있고, 지금까지 차분하고 성실하게 잘 살아왔고, 다시 예전처럼 잘 생활하면 그만이다. 그러니 한순간의 실수인지 뭔지 알 수 없으나 그 찰나의 순간을 말끔히 잊고 다시 정상적인 생활로 돌아가자고 수없이 다짐했다. 이슈는 이슈로 덮는다고 했다. 뭔가 일거리를 만들어 그에 대한 생각을 없애기로 했다. 더 이상 마음이 흔들리지 않도록 가슴에 단단한 앵커를 박았다.

13

생각처럼 되지 않았다. 아무리 다짐을 하고 또 해도 그 다짐은 오래가지 못했다. 쓸데없었다. 하루에도 수십 번씩 휴대폰을 바라보며 그로부터 연락이 왔는지 확인하고 있는 자신을 발견했다. 머리와 가슴이 마리오네트 인형처럼 따로 놀고 있었다. 마음의 공복은 무엇으로도 채워지지 않았다. 그렇다고 규리에게 형진과 있었던 일을 터놓을 수도 없는 노릇이었다. 소증에 걸린 사람처럼 자꾸 신경질이 나고 무기력해져 갔다.

남자 친구를 만나도 즐겁지 않았다. 함께 커피를 마시고, 영화를 보고, 손을 잡고 걸어 다녀도, 형식적인 미소만 던졌다. 생기가 돌지 않았다. 변사 없는 무성 영화를 보듯, 불어 터진 라면을 먹듯, 모든 것이 팍팍하고 무미건조하게 다가왔다. 지현은 최근 들어 남자 친구의 몸짓, 태도, 표정 모두가 더욱 권태롭게 느껴졌다. 삶의 리듬이 뭉그러져 버렸다. 자기가 뭘 잘못한 건 아닌지 지현의 눈치를 보고 있는 착하기 이를 데 없는 남자 친구에게 미안한 마음이 들었다. 배신행위에 대한 죄책감 같은 것도 느껴졌다. 그렇다고 그게 둘 관계의 근본 해결책이 돼 주진 못했다.

지현은 어느 날 갑자기 모든 게 엉겨 붙어 엉망이 돼 가고 있는 자신을 느끼고 있었다. 유리에 난 실금이 점점 갈라져 한순간 와장창 깨져 버릴 것 같은 초조함이 몰려왔다. 어디에 표현도, 하소연도 못 하고 미칠 것 같았다. 일상이 무참히 바스러졌다. 바람둥이 같은 한 남자에게 마음을 빼앗겨, 굳건히 살아왔던 지난 삶이 통째로 흔들리고 있는 것 같아 자신이 촌스럽고 초라해 보였다.

법조계에 있는 상류층의 사람들과 관계를 맺으며 나름대로 정갈하게 살아온 자신이 무엇 때문에 저 보통의 남자에게 흔들리고 있는지 알 수 없었다. 그에게 먼저 연락해 볼까도 생각했지만 도저히 자존심이 허락하지 않았다. 연락을 한다 해도 그로부터 행여, 그날 좋았다는 가벼운 소리를 듣고 지나가 버릴까 봐 두려움도 느껴졌다. 지현은 사랑하는 사람과 결혼하여 고귀하게 첫날밤을 치르고자 했던 상상이 와르르 무너져 버렸다. 그런 로맨틱한 상상은커녕 정상 체위도 아니고 비 오는 날 칠흑 같은 야외에서, 그것도 선 자세로 친한 친구가 사귀고 있는 남자와 얼결에 관계를 맺다니…. 한순간 실수로 인정하고 다시 원래 생활로 돌아가진 못할망정, 자꾸 신경 쓰고 감정에 빠져 있는 자신이 어이없었다. 어처구니없게도, 시간이 갈수록 그 마음은 해갈되지 않았다. 갈증만 더해 갔다. 모든 게, 설상가상이었다.

14

지현은 술의 힘을 빌려 하고 싶은 말을 형진에게 쏟아 낸 그날 이후, 한결 마음이 편안해졌다. 그의 마음을 알 수 있었기 때문이다. 사람의 마음이란 것이 그런 것이었다. 상대 마음을 알 수 없는 것만큼 답답하고 잔혹한 것은 없었다. 서로 터놓으면 쉽게 풀릴 수 있는 일을 용기가 없어서, 자존심 때문에, 상처받을까 봐, 먼 길을 애달프게 돌아가는 일이 참으로 많다. 특히, 남녀 관계에선 더욱 그렇다. 둘의 모습을 내려다보는 하늘만이 안타까운 마음으로 바라볼 뿐이다.

지현은 이제 모든 공이 자신에게로 넘어온 기분이 들었다. 규리와 진척된 관계를 지닌 남자 형진을 자신이 쟁취해야 하는지, 긴 시간 교제하며 결혼을 약속한 남자를 지금이라도 정리해야 하는지, 지현은 무섭고 두려웠다. 이성과 감정, 신의와 사랑 사이에서 치열한 공성전이 벌어지고 있었다. 정공법으로 정돈된 삶을 살아온 자신이 이 어마어마한 일을 용단하기엔 감당 못 할, 무지막지한 일로 느껴졌다. 준법과 윤리 의식으로 무장한 자신이 이기적인 선택을 하기엔 너무도 버거운 일이었다. 형진이 자기에게 한 말, "절대 지현 씨는 그렇게 하지 못할 거예요!" 이 말이 지현의 이마에 박혀 들어왔다. 곱씹을수록 그 말이 망치가 되어 머리를 내리쳤다.

혼란과 고민에 휩싸여 있는 지현에게, 둘째 언니로부터 전화가 왔다. 급히 만나자고 해서 둘은 만났다.

"지현아, 너 돈 좀 있니? 있으면 언니 조금만 꿔 줘라."

"언니! 갑자기 그게 무슨 말이야. 다른 사람도 아닌 언니가 나한테 돈을 빌려 달라니…."

"나 어제 집 나왔어. 네 형부랑 이혼할 거야."

"무슨 말이야! 갑자기…! 둘이 싸웠어?"

"그렇게 됐어. 지현아, 넌 대화가 통하고 진짜 사랑하는 사람이랑 결혼해."

"뜬금없이 그게 무슨 말이야 언니! 어쩌려고…!"

지현의 언니 수현도 책처럼 살아온 여자였다. 학창 시절 단정히 생활하고 공부하며 명문대를 졸업했다. 고등학교 수학 교사를 하다가 이듬해 맞선으로 지금의 남편을 만난 것이다. 두 집안의 정서나 스펙상 괜찮은 조합이었고, 결혼에 별 무리가 없는 조건이기에 잠깐의 교제 후 원활한 선택을 한 것이었다. 살아 보니 성격도 안 맞고, 취미도 다르고, 재미도 없었다. 부부로서의 애정도 생기지 않았다. 서로의 생각과 행동에 대해 이해 못 할 불만의 감정만 증폭될 뿐이었다. 결국, 수현은 평생 이렇게 무의미하게, 무미건조하게 참고 인내하며 살아갈 수 없다는 결론을 내렸다. 더 늦기 전에 결단을 내린 것이었다. 지현은 그간 언니가 얼마나 바지런하고 깔끔하게 살아온 여자인지 알기에, 결혼 실패에 대한 충격과 당혹감이 더욱 컸다. 언니의 상황이 자신의 선택에 대한 혼란을 더욱 부추겼다.

15

지현은 지나온 삶을 복기해 봤다. 문제의 근원을 점검해 봤다. 진짜 자신의 감정이 무엇인지 내면의 실체를 면밀히 탐사해 들어가 봤다. 언니 또한 자신보다 몇 년 앞서 성실하고 반듯하게 살아왔는데, 무엇이 언니를 위기 상황으로 몰아넣고 있는지 냉정히 숙고해 봤다.

지현 엄마는 늘 지현에게 체크무늬 옷을 사 줬다. 엄마가 체크무늬를 좋아하기 때문이었다. 지현은 원색의 심플한 디자인의 옷을 좋아했지만 자신의 생각을 말하지 않았다. 침묵했다. 엄마 또한 지현의 의사를 묻지 않았다. 자신의 주체성을 스스로 점검하지 않았다. 세상이 편성해 놓은 보편적 기준에 맞춰 평온한 바다처럼 살아왔다. 선택하는 삶보단, 성실이라는 기치에 경도된 삶을 살아왔다. 환경이 설정해 놓은 짜인 틀, 그 속에 자신을 끼워 넣고 그 안에 갇힌 채, 구속이 부여한 자유 범주 안에서 안도를 누리며 살아온 것이다.

16

    지현은 자신도 심장이 맥동하는 사람임을, 자신 안에도 뜨거움이, 얼마간의 도발성조차 내재된 여자임을 자각했다. 부러지니 자신 안의 파단면이 보였다. 그 안에 보석처럼 빛나는 무엇이 박혀 있음을 발견했다. 깨지지 않으면 몰랐을 자기 안의 자신이었다. 지현은 이제 솔직한 자신을 들여다보며 살아가기로 했다. 독단의 시간을 갖고 자신의 정체성을 찾아 나서기로 했다. 변호사를 좋아한 건지, 좋아하는 사람이 변호 일을 하는 건지, 냉정히 체크해 봤다.

    이제 부모가 자신에게 입혀 놓은 조신한 삶, 지고지순의 껍데기를 벗어 내던지기로 했다. 지나온 삶에 반기를 들고 붉은 깃발을 펄럭이기로 했다. 접시 위의 과일 중, 자신에게 건네 오는 배를 두 손으로 정중히 받는 대신, 자신이 좋아하는 사과를 직접 포크로 꼭 찍어 사각사각 베어 먹기로 했다.

    형진에게 전화했다.

    "형진 씨! 남한산성 거기서 만나요. 꼼짝 말고 거기 서 있어요!"

    지현이 형진에게 향했다. 형진이 거기 서 있었다. 서슴없이 형진에게 달려갔다.

"형진 씨! 사랑해요! 당신을 선택합니다!"

두 사람은 지체 없이 큰 나무가 있는 숲속으로 빨려 들어갔다. 머리가 아닌 가슴이 떨렸던 그곳으로….

시절 인연

1판 1쇄 발행 2023년 7월 31일
지은이 문영길

교정 주현강 **편집** 윤혜원 **마케팅·지원** 김혜지
펴낸곳 (주)하움출판사 **펴낸이** 문현광

이메일 haum1000@naver.com **홈페이지** haum.kr
블로그 blog.naver.com/haum1000 **인스타** @haum1007

ISBN 979-11-6440-400-1(03810)

좋은 책을 만들겠습니다.
하움출판사는 독자 여러분의 의견에 항상 귀 기울이고 있습니다.
파본은 구입처에서 교환해 드립니다.